倪匡奇情作品集
木蘭花傳奇
20
黑洞
（含：失蹤、怪新郎）
倪匡
著

目錄

失蹤

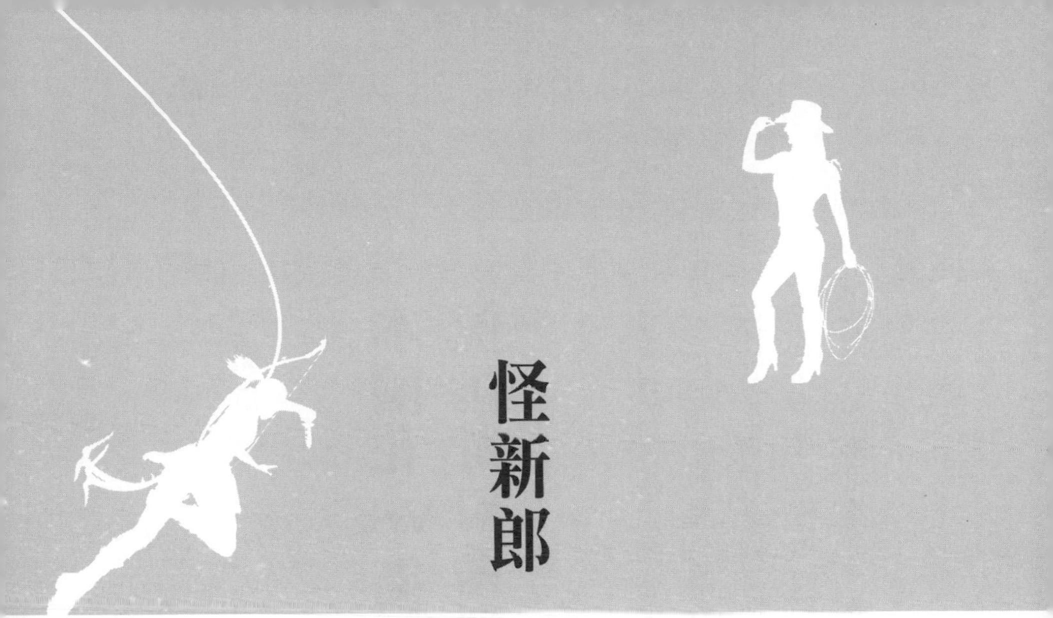

怪新郎

【總序】

木蘭花VS.衛斯理——倪匡奇幻系列的兩大巔峰

秦懷玉

對所有的倪匡小說迷來說，《衛斯理傳奇》無疑是他最成功、也最膾炙人口的作品了，然而，卻鮮有讀者知道，早在《衛斯理傳奇》之前，倪匡就已經創造了一個以女性為主角的系列奇情故事，甫出版即造成大轟動，《木蘭花傳奇》遂成為倪匡眾多著作中最具特色與最受讀者喜愛的兩大系列之一；只因衛斯理的魅力太過強大，使得《木蘭花傳奇》的光芒被掩蓋，長此以往被讀者忽視的情形下，漸漸成了遺珠。

有鑑於此，時值倪匡仙逝週年之際，本社特別重新揭刊此一系列，希望藉由新的編排與介紹，使喜愛倪匡的讀者也能好好認識她。

《木蘭花傳奇》是倪匡以筆名「魏力」所寫的動作小說系列。原載於香港新報及《武俠世界》雜誌，內容主要是以黑女俠木蘭花、堂妹穆秀珍及花花公子高翔三人所組成的「東方三俠」為主體，專門對抗惡人及神秘組織，他們先後打敗了號稱「世界上最危險的犯罪集團」的黑龍黨、超人集團、紅衫俱樂部、赤魔團、暗殺黨、黑手黨、血影掌，及暹羅鬥魚貝泰主持的犯罪組織等等，更曾和各國特務周旋、鬥法。

如果說衛斯理是世界上遇過最多奇事的人，那麼打擊犯罪集團次數最高的，即非東方三俠莫屬了。書中主角木蘭花是個兼具美貌與頭腦的現代奇女子，在柔道和空手道上有著極高的造詣，正義感十足，她的生活多采多姿，充滿了各類型的挑戰；她的最佳搭檔：堂妹穆秀珍，則是潛泳高手，亦好打抱不平，兩人一搭一唱，配合無間，一同冒險犯難；再加上英俊瀟灑，堪稱是神隊友的高翔，三人出生入死，破獲無數連各國警界都頭痛不已的大案。

若是以衛斯理打敗黑手黨及胡克黨就得到國際刑警的特殊證明文件的標準來看，木蘭花在國際刑警的地位，其實應該更高。

相較於《衛斯理傳奇》，《木蘭花傳奇》是入世的，在滾滾紅塵中演出令人目眩神搖的傳奇事蹟。衛斯理的日常儼然是跟外星人打交道，遊走於地球和外太空之間，事蹟總是跟外星人脫不了干係；木蘭花則是繞著全世界的黑幫罪犯跑，哪裡有犯罪者，哪裡就有她的身影！可說是地球上所有犯罪者的剋星！

而《木蘭花傳奇》中所啟用的各種道具，例如死光錶、隱形人等等，一如倪匡慣有的風格，皆是最先進的高科技產物，令讀者看得目不暇給，更不得不佩服倪匡驚人的想像力。

尤其，木蘭花等人的足跡遍及天下，包括南美利馬高原、喜馬拉雅山冰川、北極、海底古城、獵頭族居住的原始森林、神秘的達華拉宮及偏遠隱密的蠻荒地區等，讀者彷彿也隨著木蘭花去各處探險一般，緊張又刺激。

《衛斯理傳奇》與《木蘭花傳奇》兩系列由於歷年來深受讀者喜愛，書中主要角色逐漸由個人發展為「家族」型態，分枝關係的人物圖越顯豐富，好比《衛斯理傳奇》中的白素、溫寶裕、白老大、胡說等人，或是《木蘭花傳奇》中的「天使俠女」安妮和雲四風、雲五風等。倪匡曾經說過他塑造的十個最喜歡的小說人物，有三個在木蘭花系列中。白素和木蘭花更成為倪匡筆下最經典傳奇的兩位女主角。

在當年放眼皆是以男性為主流的奇情冒險故事中，倪匡的《木蘭花傳奇》可謂是開創了另一番令人耳目一新的寫作風貌，打破過去女性只能擔任花瓶角色的傳統窠臼，以及美女永遠是「波大無腦」的刻板印象，完美塑造了一個女版〇〇七的形象。猶如時下好萊塢電影「神力女超人」、「黑寡婦」等漫威女英雄般，女性不再是荏弱無助的男人附庸，反而更能以其細膩的觀察力及敏銳的第六感，來解決各種棘手的難題，也再一次印證了倪匡與眾不同的眼光與新潮先進的思想，實非常人所能及。

《女黑俠木蘭花傳奇》共有六十個精彩的冒險故事，也是倪匡作品中數量第二多的系列。每本內容皆是獨立的單元，但又前後互有呼應，為了讓讀者能更方便快速地欣賞，新策畫的《木蘭花傳奇》每本皆包含兩個故事，共三十本刊完。讀者必定能從書中感受到東方三俠的聰明機智與出神入化的神奇經歷，從而膾炙人口，成為讀者心目中華人世界無人能敵的女俠英雌。

失蹤

1 最美麗的新娘

穆秀珍和雲四風兩人的婚期已漸漸近了，安妮翻著日曆，計算著日子，還有六日。

安妮的眼眶中，不禁有些潤濕。

六天之後，穆秀珍就要出嫁了，雖然，穆秀珍曾好幾次安慰著她，說不論怎樣，她都是她的秀珍姐，但安妮知道，六天之後，會有很大的不同。

首先，穆秀珍和雲四風會去度蜜月，會離開她很久，然後，穆秀珍和雲四風就會住在那幢新購入的精緻美麗的小洋房中。

安妮坐在陽臺上，愈想心中愈不快樂，直到她聽到了穆秀珍一迭聲地叫喚，她才連忙抹了抹眼淚。

她曾答應過穆秀珍不難過的，她更知道，就算自己傷心流淚，至多也只不過掃穆秀珍的興而已，並不能改變穆秀珍結婚的決定的。

她轉過輪椅，穆秀珍已站在高大的化妝鏡之前，在試穿著結婚禮服，她正在和服裝師爭執，道：「短些，我要再短些！」

「穆小姐！」服裝師說：「新娘的結婚禮服，傳統的式樣都是長得拖地的，你這一襲禮服已經是很短了，我看還是——」

穆秀珍不等他說完，瞪著眼道：「少廢話，是你穿還是我穿？我不理什麼傳統，你替我改短，改到膝蓋以上五吋，那樣，才顯得出明朗、爽快的性格來。」

服裝師嘆了一口氣，道：「好……好……」

穆秀珍抬起頭來，道：「安妮，快來，你看怎麼樣？」

安妮自從轉過輪椅來之後，就一直屏住了氣，因為穿上了新娘禮服的穆秀珍，看來實在太美了，美得就像是天上的女神一樣！

這時候，安妮才緩緩地鬆了一口氣，道：「秀珍姐，你真美麗，我想，你是世上最美麗的新娘了，真的，我是真心那樣說的。」

穆秀珍高興地笑著，道：「謝謝你，安妮。」

這時候，她們雖然在樓上，但是也聽到了門鈴聲，穆秀珍向外張望了一下，說道：「又有人送禮來了，我們的請帖還未曾發出去，就什麼人都知道了。」

安妮忙道：「我下去看看，又是什麼人送禮來，我看，我們的屋子中快要堆滿禮物了，叫四風哥搬些回去吧！」

安妮一邊說著，一面控制著輪椅，向外走了出去。

安妮說她們的屋子中，快要放不下禮物了，那絕不是什麼隨便說的話，而是實實在在的情形。

安妮才一出臥房，就看到堆在樓梯口的兩大堆紙盒，堆得足有天花板那樣高，而當她下了樓梯，客廳中已堆滿各種各樣的禮物，幾乎連可以坐一坐的地方也沒有。

自從穆秀珍要結婚的消息一傳了出去，各種各樣的禮物，像潮水一樣湧進了她們的住所，木蘭花姐妹的交遊本就廣闊，再加上受過她們好處的人何止千萬，一聽得穆秀珍要結婚了，全都盡自己的心意送上禮物，對穆秀珍致以衷心的祝賀。

當安妮來到了樓下時，看到兩個人又捧著四五個盒子走進來。

那兩個人是自告奮勇前來幫忙的，他們本來是慣竊，後來受了木蘭花的感動，洗手不幹。雖然像他們兩人一樣自告奮勇，要前來幫忙的人很多，但木蘭花只挑選他們兩人。

木蘭花挑選他們兩人的原因，一則是他們兩人的工作能力十分強，二則，是他們兩個人原在三教九流的人物之中，地位十分的高，他們雖久已洗手，但是仍然十分有力量，登高一呼，聽他們使喚的各色人等還是十分之多的。

那兩個人，一個叫何保，人很瘦削，戴著一副金絲邊眼鏡，看來像是一個很有學問的人。

事實上，他也的確很有學問，他曾得過一所很著名的學院的心理學碩士，但是更出色的，他是一個成功的騙子，現在，他開設一個農場，棄邪歸正了。

另一個姓黃，叫勃，看來像是體育家，他的體格非常之強健，他的十隻手指又粗又短，看來像是十分笨拙。

但實際上，在開配各種複雜的鎖那一點上，黃勃的手法比任何人都來得快巧，連木蘭花和高翔都自嘆不如。

他們兩人走了進來，看見了安妮，便停了一停，搖著頭道：「不得了，不得了，你看看，還有六天，禮物便已經堆積如山了，怎麼辦？」

他們的口氣，看來像是在埋怨，但是他們的神情卻是極其興奮愉快的。他們放下了禮物，道：「剛才一大包禮物，是從阿拉伯航運到的！」

安妮笑著道：「蘭花姐說，我們朋友多，敵人也一樣多，可得小心檢查每一件禮物，你們高興什麼，說不定打開一包禮物，就會跳出一隻毒蜘蛛來！」

何保笑道：「如果有毒蜘蛛跳出來，那我就那樣一彈——」他彈指發出「啪」地一聲，「送牠歸西去。」

黃勃推開了幾件禮物，在沙發上坐了下來，道：「從今天起，一定一天比一天更熱鬧，但是等到秀珍小姐嫁出去之後，這裡可要冷清下來了！」

黃勃的話恰好觸動了安妮心事，這幾天來，愈來愈甚的那種傷感，她面上的笑容消失了，輕輕地嘆了一口氣。

何保卻又在這時問道：「安妮，我們都不大熟悉新郎雲先生，只知道秀珍小姐是最直爽最善良的姑娘，雲先生會欺負她麼？」

安妮搖著頭道：「我怎麼知道？我……想四風哥很愛秀珍姐的。」

「有的男子在追求女子的時候，會顯得十分溫柔。」黃勃裝著手勢，「但是在追求得手之後，卻又原形畢露了，當然，我們說這話也是多餘的，秀珍姑娘自然是看明白了雲先生的為人，所以才決定嫁給他的，來，看看那兩件是什麼禮物！」

黃勃走過去拆禮物，安妮緊蹙著眉，突然道：「黃先生，何先生，你們想想，我們可有什麼法子能阻止他們的婚事麼？」

安妮的話，顯然是大大的出乎他們兩人意料之外的，是以他們兩人瞪大了眼，現出十分驚懼的神色來，道：「為什……為什麼？」

安妮苦笑著，她也不明白為什麼自己會一時衝動，講出那樣的話來，她呆了片刻，道：「我在想，如果秀珍姐結了婚之後不快樂，那我們不是應該盡點責任，在事先阻止她麼？」

安妮的理由，將驚懼中的黃勃和何保兩人都逗得笑了起來，齊聲道：「安妮小姐，你若是阻止她的婚事，只怕她恨你一輩子！」

安妮還想說什麼，鐵門外傳來一陣汽車的煞車聲，木蘭花駕著車子回來了，和木蘭花一起來的，還有高翔和雲五風兩人。

他們三人一齊走了進來，安妮忙迎了出去，高翔叫道：「秀珍，請客的地方已訂好了，是星星酒家，上下六層全包了，估計可以開三百多桌，如果再不夠的話，我看也沒有辦法了，你自己的意思怎樣？」

穆秀珍從樓上登登地奔了下來，道：「我看也夠了，如果來遲的，只能怪他們自己不好了，五風，你四哥呢？」

雲五風笑道：「四哥在和大珠寶商選購結婚戒指，他要最好和最大粒的鑽石，鑽石的彩色照片已寄來了，的確很好。」

穆秀珍滿面紅光，木蘭花望著她，也沾染了幾分喜氣，道：「秀珍，快做新娘了，你還是大叫大嚷？結婚那天的秩序，我也替你排定了。」

「怎麼樣？」

「上午十一時，在教堂行禮，行完禮之後，回家休息兩小時，賓客就會來了，你就要去酒家，給人家看看新娘，我想這次婚禮，世界各地都有來賓，他們之中，有很多是從來也未曾參加過東方式婚禮的，你可得展示幾套東方新娘裝才好。」

雲五風忽然開了一句玩笑，道：「最好戴上鳳冠！」

「五風，小心我打你！」穆秀珍叫了起來。

雲五風本來就是最怕羞的，興之所至，開了一句玩笑，他自己倒先紅了臉，穆秀珍一聲大喝，他更有點不知所措起來。

高翔和木蘭花兩人忍不住哈哈大笑起來，高翔道：「秀珍，看你多威風，還未曾正式做人家的嫂嫂，就想打人家了。」

穆秀珍紅著臉道：「不和你們說了！」

她轉身奔上了樓，高翔笑著，在沙發上坐了下來，卻不料他才一坐下來，就聽得「啪」地一聲響，一個紙盒已被他坐扁了。

高翔忙跳了起來，搖頭道：「唉，連坐的地方也沒有了！」他一面說，一面順手將被他坐扁了的那個紙盒拿了起來。

那個紙盒用十分美麗的紙包著，還紮著艷紅色的絲帶，包紮的紙已被坐壞了，高翔順手將之撕去，道：「這是新送來的麼，是什麼？」

他說著，已將紙盒打了開來。

紙盒一經打開，他便陡地一呆，神色也變了一變。

那時，還只有他一個人看到盒中的東西是什麼，但是別人從他突變的神色上已可以看出，他所看到的東西，一定十分不尋常了。

木蘭花最先問：「是什麼？」

高翔先抬頭向樓上看了一眼，他的用意，誰都明白，那就是他不希望穆秀珍知道盒中是什麼，是以木蘭花等人都不再出聲，高翔也默不作聲，將盒子遞到了他們面前。

所有的人一齊向盒中望去，只見那是一個洋娃娃，穿著一件十分美麗的新娘禮服。

那本來沒有什麼出奇，可是那洋娃娃的頭上，卻繫著一條繩子，而那繩子，則又被吊在一個手工十分粗糙的小型絞刑架上！

木蘭花伸手拿起了那洋娃娃，那洋娃娃叫了一聲，叫的兩個字，每個人都可以聽得清清楚楚，竟是一下尖銳的「救命」！

木蘭花立時把那洋娃娃遞給了黃勍，道：「拆開來看一下，看裡面還有什麼古怪，那是什麼時候送來的，和它一齊送來的又是些什麼，是什麼人送來的？」

何保忙道：「才送到，是一個中年人駕著一輛半新舊的福特車送來的，車牌是三一七六七號，我以前沒有見過那中年人。」

木蘭花之所以選用何保來幫忙，還有一個很主要的原因，那便是何保有一種近乎天生的本領，他可以認得出任何他見過一面的人，和記下他所看到的東西中，最不為人注意的細節，他的記憶力之好，是十分罕見的。

木蘭花再問道：「只是那一盒禮物？」

「不，還有三盒。」

「快拆開來看！」

高翔、何保、安妮三人一齊動手，不一會，就將三個盒子一齊拆了開來，每一個盒中，都是一個穿了新娘禮服的洋娃娃。

但是，每一個洋娃娃身上，卻都有一點別的東西。高翔拆開的那個，胸口插著一柄鋒利的小刀；安妮拆開的那個，手中拿著一柄小手槍，手背彎著，對準洋娃娃的額頭，額上有堆紅色染料，象徵已然中槍；何保拆開的那一個，手中提著一隻小小的塑膠瓶，在那瓶上，有著毒藥的標誌。

同樣的是，當他們拿起洋娃娃之際，那三個洋娃娃都失聲叫了一下：「救命！」

此際黃勃也已將第一個洋娃娃拆了開來，道：「沒有什麼其他的古怪，只是和普通玩具洋娃娃一樣的發聲裝置，只不過換了錄音帶。」

木蘭花「哼」地一聲，道：「我早就料到我們的敵人會趁這次機會來搗蛋，這還只不過是開端，連接而來的，一定還有更多稀奇古怪的事！」

高翔、安妮、何保、黃勃一齊點了點頭，他們也與木蘭花有完全相同的看法。他們都以鎮定但卻極為機警的心情，等待著事變的繼續發生。

錯了，木蘭花錯了，高翔等人也都估計錯了——

一直到了穆秀珍與雲四風的結婚前夕，仍然沒有期待中的事變發生。

安靜，本來是好事，但往往在安靜之中，也會產生悵惘。

木蘭花便是如此，她在意外的安靜之中，有點高興，也有點悵惘，她和穆秀珍是迭共生死，形影不離，親愛無比的姐妹花，現在穆秀珍要出嫁了，她自然感到莫名的悵惘。

但是她卻也為穆秀珍高興，女孩子總是要嫁人的，穆秀珍以前的未婚夫，在一次飛機失事中身亡，幸好有雲四風刻骨銘心地愛著她，填補了她感情上的缺憾，現在他們有情人終成眷屬了，一直關心穆秀珍的木蘭花，自然也覺得高興。

以木蘭花的鎮定而言，要掩飾她心中的幾分悵惘，那是十分容易的事，但是安妮年紀究竟還小，她要掩飾心中的感情就比較困難了。

木蘭花早已看出了安妮隨時隨地都可以大哭出來，是以她一直握著安妮的手，在鼓勵著安妮，希望她不要太衝動。

安妮總算一直忍著，但是她卻很少說話。

時間慢慢地過去，到了凌晨三時，木蘭花才道：「秀珍，你明天要做新娘，應該容光煥發才好，若是一臉倦容，那就不好了。」

「我不倦，蘭花姐，小安妮，讓我們談到天亮，以後，恐怕難有這樣的機會了，你們說可對？」穆秀珍望定了安妮。

安妮本來已忍不住要哭，這時候穆秀珍那樣一問，她淚水忍不住撲簌簌地跌了下來，穆秀珍呆了一呆，道：「傻安妮，怎麼哭了？」

安妮轉過輪椅，便待向外衝去。

也就在那時，電話鈴突然響了起來。

穆秀珍道：「奇怪，誰在這時候搖電話來？」

「只怕是四風，新郎也一樣興奮得睡不著了，」木蘭花回答著，同時叫道：「安妮，快回來，我們來做第一個向新郎道賀的人！」

穆秀珍也以為那電話一定是雲四風打來的，是以她咕噥著道：「這人，講好十點鐘來接我的，怎麼在三點鐘打電話來吵我？」

她拿起了電話聽筒，「喂」地一聲。

然而，自聽筒中傳出來的，卻並不是雲四風的聲音。

那聲音聽來，並沒有什麼特異之處，只不過顯得略為低沉些，道：「穆秀珍小姐，天亮之後，你將成為本市最美麗的新娘了。」

聽來像是一個祝賀的電話，但是祝賀電話在凌晨三時打來，未免有些奇怪，穆秀珍呆了一呆，才道：「謝謝你，你是誰？」

那聲音並不回答，只是繼續用低沉的聲音道：「穆小姐，你不但是本市最美麗的新娘，也將是本市最神秘的新娘。」

穆秀珍陡然一呆，道：「什麼意思？」

「你將會失蹤，穆小姐，你將會像空氣一樣地消失，無影無蹤，再也沒有人找得到你，那會使你成為最神秘的新娘！」那聲音繼續道。

穆秀珍大喝一聲，道：「胡說，你是什麼人？半夜三更，鬼鬼祟祟，打那樣無聊的電話，唉，我看你一定是小毛賊。」

那聲音接著道：「不，我只不過是將明天要發生的事告訴你而已，對一個好意告訴你將要發生的事的人，你怎可口出惡言？」

穆秀珍還想再罵，但是，對方「卡」地一聲響，已收了線。

穆秀珍重重放下了電話，道：「太無聊了！」

她轉述了那人在電話中告訴她的話，木蘭花呆了一呆，道：「你不必放在心上，我們有很多敵人，自然個個想來趁機破壞的。」

「我才不怕他們呢！」穆秀珍隨即又笑了起來，「說我會消失在空氣中，會無影無蹤，這樣的恐嚇，也太好笑一點了！」

木蘭花和安妮各有同樣的感覺，因為那威嚇太不切實際了，人怎會消失？是以她們也只是置之一笑，她們繼續交談著。

直到清晨三時，安妮和穆秀珍兩人都在不知不覺之中因為疲倦而睡了過去，木蘭花也不去驚動她們，只是在她們身上輕輕蓋上毯子，她自己也和衣坐在床上躺了下來，不久也睡著了。

八時，她們一齊被刺眼的陽光和人聲吵醒。

那是一個罕見的艷陽天，何保和黃勃已經來了，花園中全是來來去去，忙這忙那的人，也不知道哪會有那麼多的瑣事。

化妝師來了，穆秀珍坐在梳妝檯前，任由化妝師替她作新娘化妝，她雖然好動，但是那一刻，卻也只得靜靜地坐著不動。

十時正，由新郎率領的汽車隊已開動了。

十二輛各國最豪華的汽車，組成迎娶新娘的車隊，新郎雲四風是和男儐相高翔，以及主婚人方局長一齊來的，新郎春風滿面，將盛妝的新娘自屋中接了出來，高翔則挽了木蘭花的手。

木蘭花是女儐相，她臉上的妝化得並不濃，但是那種寧靜含蓄的美麗，和穆秀珍開朗、明媚的美麗，恰好成了一個對比。

十一時缺五分，車隊到了教堂的門前，來觀看女黑俠穆秀珍婚禮的市民盈千累萬，警方早已作了維持秩序的措施，是以一切過程的秩序非常好。

穆秀珍是由方局長帶進教堂去的，當莊嚴的結婚進行曲奏起之際，穆秀珍也變得十分之端莊。

她的少女時代就要結束了，從今天起，她將是一個人妻，她要全心全意去愛那人，盡量使他快樂，她會有孩子，她會做母親。

那真是人生歷程之中，一個最奇妙最重要的轉變。

穆秀珍在緩緩向前走去的時候，教堂通道上的那一條長長的紫紅色地氈，就像是一長條軟綿綿的雲一樣，使她有飄飄然的感覺。

她終於來到了雲四風的身邊。

雖然她和雲四風相識已經很久了，但是她仍然忍不住抬起眼來，向雲四風看了一眼，因為從今後起，他們要生活在一起了！

在穆秀珍向雲四風望去的時候，恰好雲四風也在望她，兩人四目交投，都不由自主地各自發出了一個甜蜜之極的笑容來。

接著，牧師便開始喃喃地念了起來，穆秀珍的心怦怦地跳著，她讓雲四風替她戴上戒指，然後又低聲道：「我願意。」

然後，婚禮完成了，教堂中響起了歡呼聲，大堂的紙屑，像是一場鵝毛大雪一樣自天而降，整個教堂全陷在歡樂的浪潮之中！

穆秀珍被雲四風挽著，向外走去。

出了教堂，歡呼聲更自四面八方傳了過來，他們進了一輛豪華的汽車，車子立時駛向他們的新居。

在車中，穆秀珍閉著眼，靠在雲四風的肩上，雲四風輕輕地吻著她的額，穆秀珍睜開眼來，道：「真的，四風，我是你的妻子？」

雲四風不禁笑了起來，道：「自然是真的，秀珍。」

穆秀珍深深地吸了一口氣，又閉上了眼睛。

汽車在兩扇奶白色的鐵門前略停了一停，當鐵門打開時，車子又駛了進去，在一幢兩層高的洋房前停了下來，那就是穆秀珍和雲四風兩人的新居了。

那幢洋房座落在山上，向遠眺去，可以看到整個海灣的風光，也可以俯瞰半個城市，它的客廳，三面全是整幅的大玻璃，厚達一英吋，是瑞典工業界送給雲四風的禮品，在寬大的客廳中，這時已有不少人聚集著，其中有雲家兄弟和親戚。

穆秀珍和雲四風一下車，便立即給客人包圍了，每一個人都祝賀他們新婚快樂，穆秀珍本來是想回來休息一會兒的，但是此刻她也高興得不想休息。

一直到下午二時，在酒樓中的高翔已來電話催了好幾次，雲四風和穆秀珍才又和主要的親友一齊離開，到酒樓去。

2 失蹤

高翔和木蘭花是一離開教堂，就來到酒樓的，星星酒家是本市規模最大的酒樓，但是現在看來，它實在太小了！

它上下六層，可以容納二千名左右的賓客，但是下午二時開始，賀客就來了，高翔忙於上上下下招呼客人，木蘭花則在新娘的房間中仔細地檢查著。

穆秀珍是在好幾個警方便衣人員保護下進入酒樓的，她一到酒樓，立時便進入新娘房，根據慣例，她一直要坐在那小房間中，直到開席時才露面。

在那段時間中，如果親友要和新娘會面，都可以到這房間中來，穆秀珍一到，安妮和木蘭花兩人就一直陪在她的身邊。

來祝賀的賓客實在太多了，有的根本是沒有請帖，但一樣走進酒樓來，要保證新郎和新娘的安全，也不是容易的事情。

但是一切總算還順利，直到下午六時，賀客的人數已到了最高峰，只見三個衣著華貴的中年婦女，滿面笑容，向新娘房走來。

那三個中年貴婦的身上，珠光寶氣，戴滿了名貴的首飾，她們一到了門口，門外兩個便衣女警便笑臉相迎。

那三位中年婦人齊聲道：「新娘呢？為什麼躲起來不讓我們看，讓我們看看，四風侄子娶了什麼樣的一位小姐！」

聽她們的口氣，好像是雲四風的長輩親戚。

在新娘房中的穆秀珍也早就聽到了，她皺起了眉，嘆了一聲，道：「莫名其妙的親戚又來了，我根本不認識她們，卻又要敷衍她們，還得裝出端莊嫻淑的樣子來，免得她們笑話，四風要了一個野姑娘！」

木蘭花笑著道：「總共就是一天的事，你已忍了一半了，就再忍一忍吧，別鼓氣，人家快進來了，你應該有笑容才是！」

穆秀珍苦笑著道：「可是我臉上的肌肉已笑得僵硬了！怎麼能夠再有笑容？」

正在說著，那三個中年婦人已走了進來，她們之中的一個，在才一走進來時，便急急忙忙轉過身去，將房門關上。

這舉動是十分反常的！

木蘭花立時向安妮施了一個眼色，安妮也已將手按在她的輪椅上，只見那三個中年婦人仍是滿面笑容地向前走來。

木蘭花忙道：「三位是什麼親戚，好讓秀珍稱呼。」

那三個中年婦人卻並不回答，只是直向穆秀珍走了過來，來到了穆秀珍面前，其中一個，突然打開手袋，伸手進去。

就在那時，木蘭花一聲冷笑，安妮的手也在按鈕上疾按了下去，「嗤」然一聲，一枚麻醉針射了出來，正射在那中年婦人的手腕上。

那中年婦人一聲驚呼，手一縮，自她的手袋中帶出了一柄小巧的手槍來，但是她的手已失去了知覺，是以那柄手槍「啪」地跌在地上。

另外兩個中年婦人，一見事情敗露，連忙轉身便逃，但是木蘭花已先從沙發上跳了起來，一步竄到了其中一個的背後，伸手搭住了她的肩頭，用力一扳，將她扳了過來，一拳重重地擊在那中年婦人脂肪過多的肚子之上。

那中年婦人發出了一下如同汽車漏氣也似的呻吟聲來，身子蜷曲著跌了下去，倒在地上打滾。

木蘭花還想去對付另一個中年婦人時，一直躲在屏風後的幾個警員也一齊奔了出來，那三個中年婦人束手就擒，立時被帶了出去。

為了避免驚動賓客，那三個人是從後梯被帶走的。

二十分鐘之後，高翔已接到了警局查詢的報告，他也立即轉告木蘭花，道：

「那三個人供認了，她們原來是泰國鬥魚貝泰組織中的人物。」

穆秀珍卻還在磨拳擦掌，道：「怎麼只來了三個，為什麼不多來幾個，唉，只來了三個，真是太不過癮了，還有來的麼？」

高翔笑了起來，道：「秀珍，看你的樣子，也太不像新娘了！」

「像不像新娘干你什麼事？」穆秀珍瞪起了眼，「又不是嫁給你！」

高翔哈哈大笑，道：「好，好，越說越不像話了！」

他正待退出去，酒樓的一個侍者在門口探頭進來道：「穆小姐，有你的電話，接線生已替你接進來了，你可以在房間中聽。」

穆秀珍順手在沙發旁邊的几上拿起電話來，她立時又聽到那低沉的聲音，道：「穆小姐，你將會失蹤，你一定會失蹤，消失無蹤！」

穆秀珍大喝一聲，道：「你是誰？」

但是她已聽不到回答。那邊已收了線。穆秀珍恨恨地放下了電話，道：「這種傢伙，若是給我知道了他是誰，哼！」

木蘭花道：「他不會讓你知道他是誰的，他打那樣的無厘頭電話來，目的就是令你生氣，你如果生氣了，他的目的就達到了！」

穆秀珍呆了一呆，笑了起來，道：「對，我真是生氣惱恨，那反倒上他的當了，他怎能使我在空氣中消失？太無稽了！」

木蘭花道：「這才是道理，啊！我又看到有一批人來看新娘了！」

穆秀珍嘆了一口氣，道：「好吧，讓他們來看吧，新娘還不是人，有什麼好看的，將我當作什麼稀有的動物一樣，真倒楣！」

木蘭花和安妮兩人都抿著嘴笑。

距離開席的時間越來越近，高翔和何保分別來報告過兩次消息，有一幫歹徒企圖生事，已被查到，另外有兩人是下毒，還有兩宗意外，則是計時炸彈，是被特種儀器探測出來的，全是人和炸彈一起捉到。

除了這四件意外之外，並沒有什麼別的事發生，歡樂的氣氛一直延續到午夜，賀客才漸漸散去，但是還有三四個人不肯走，鼓噪著要去看新娘。

穆秀珍實在忍不住，突然跳上了桌子，手叉著腰，大聲道：「你們之中，誰要去鬧新房的，就是想和我作對，誰敢去？」

從來在婚禮中，新娘都是在無聊和無理的要求下，而成為被侮辱取樂的對象，多少年來的傳統都是那樣，新娘雖然心中發怒，卻也不敢出聲。

像穆秀珍那樣，公然反對鬧新房這種無聊舉動的新娘，只怕還是有史以來的第一個，那些正在鼓噪的人一聽，立時鴉雀無聲。

穆秀珍又大聲道：「誰再說一句鬧新房，我當場就要他好看！」

穆秀珍威風凜凜地站在桌上，雲四風暗暗著急，忙道：「秀珍，行了，你疲倦了要休息，客人也都知道，別再叫嚷了！」

那些人知難而退，忙轟然道：「說得是，吵了一天，我們也該告退了！」他們一面說，一面便向外擁了出去。

穆秀珍自桌上跳了下來，向木蘭花望了一眼，她只當木蘭花要責備她了，卻不料木蘭花道：「秀珍，你剛才的話說得真痛快，你若是遲一會兒說，我也要趕他們走了，鬧新房這種行為，不但無聊，而且近乎下流！」

穆秀珍真是高興，轉眼之間，已只剩下了他們幾個人和幫忙做事的人了，他們一齊下了樓，到了酒樓的門口，雲四風道：「我們直接到碼頭去好了！」

木蘭花、安妮和高翔齊聲道：「祝你們蜜月愉快！」

雲四風和穆秀珍將乘搭「兄弟姐妹號」去度他們的蜜月旅行，那是他們早已計劃好的事，是以他們三人才那樣說的。

「蘭花姐，」穆秀珍到了這時候，也有點依依不捨起來，「送我們到碼頭去，好麼？我想……和你遲一點再……分離。」

木蘭花的心中也禁不住十分傷感，但是她卻忙用言語掩飾了她的傷感：「好，當然好，來，讓我們一起到碼頭去！」

各人分別上車，七八輛汽車一齊到了碼頭，在碼頭上，送行的人列成了一行，雲四風扶著穆秀珍，一齊走上了「兄弟姐妹號」。

在他們登上了「兄弟姐妹號」之後，汽笛長鳴，「兄弟姐妹號」緩緩地向外駛去。

當晚海港中有霧，但不是十分濃。

對一對新婚夫婦來說，再也沒有比只有兩個人處在一艘設備完善的遊艇中，而那艘遊艇卻又是在有霧的大海中那樣好情調的事了。

「兄弟姐妹號」漸漸駛遠，船身已沒入霧中，看不見了，但是還可以看到船上的兩盞霧燈，過了一分鐘，連那盞黃色的霧燈也看不見了。

安妮長嘆了一聲，道：「秀珍姐去了！」

高翔的手扶住了她輪椅的柄，推著她向汽車走去，道：「傻孩子，秀珍會回來的，她度完蜜月之後就會回來了。」

安妮沒有再說什麼，她只是心中有數，她知道，結了婚之後的秀珍姐，和結婚之前的秀珍姐，是絕不會一樣的，一定有所不同的了！但是她卻並未曾講出來。

所有的人都上了車，木蘭花道：「高翔，你不必送我們回去，忙了好幾天，該休息了。」

高翔默默地點著頭，自表面上看來，在和穆秀珍、雲四風分別的時候，最輕鬆的彷彿是他，但是，他卻是將心中沉重的感覺拚命抑制著，才有那樣結果的。

自從穆秀珍和雲四風一決定結婚之後，他就想到了他自己，想到了他和木蘭花。但是，在經過了幾次木蘭花要思考才能決定的答覆之後，他幾乎已鼓不起勇氣向木蘭花再提出另外一次的求婚來了！

這時，他只是心中暗嘆了一聲，道：「好，再見。」

「再見！」木蘭花將安妮推進了車廂，她坐上了駕駛位，駕著車，街道上十分寂靜，車子的速度也十分快，她和安妮都不說話。

車行不多久，便轉進了郊區的公路，安妮直到這時，才嘆了一聲，道：「蘭花姐，秀珍姐去了，你是不是很想念她？」

木蘭花正色道：「安妮，秀珍嫁了人，自然要和她的丈夫在一起，不能常和我們在一起，你雖然少一些玩的時間，但也可以有更多的時間學一些學問！」

安妮實在忍不住，哭了起來，道：「蘭花姐，要是你和高翔哥哥也結了婚，那麼我……我豈不是只剩下一個人了？」

木蘭花將車子駛到路邊，停了下來，轉過身，握住了安妮的手，道：「我不會那麼快結婚的，安妮，你不必為這件事憂慮。」

「可是你終會結婚的，是不？」安妮睜大了眼睛，淚水仍然自她的眼中大滴大滴地落下來。

「當然，女孩子總是要嫁人的，但是到了那時候，你一定也已長大了，能夠一個人生活了，所以，你根本不必擔心。」

安妮呆了片刻，才道：「蘭花姐，我求你一件事。」

「你只管說好了。」

「蘭花姐，別為了我而延遲你的婚事，我可以一個人獨立生活的，蘭花姐，我不信你看不出高翔哥哥心中是如何悵惘！」

木蘭花緊緊地握住了安妮的手，她心中十分感動，安妮真是懂事的小姑娘。

木蘭花的心中十分亂，她自然知道高翔的心情的，她嘆了一聲，才道：「安妮，我們別再討論這個問題了，我有我自己的決定，而我的決定，也絕不受別人的影響。」

安妮抹了抹眼淚，木蘭花轉過身去，又呆坐了片刻，才繼續駕著車向前駛去，十分鐘後，車已停在花園鐵門之外了。

木蘭花下車，打開鐵門，再將車駛進去，推著安妮，走進了屋子，她們兩人才進屋子，便聽得電話鈴突然響了起來。

照說，電話鈴響，不論打電話來的人是有急事，還是根本只想聊天，鈴聲總是一樣的，但是在那樣的情形之下，一聽到了電話鈴聲，彷彿有一種異樣的感覺，感到那電話一定是十分重要的，是以連木蘭花也不禁呆了一呆。

安妮控制著輪椅，閃電的衝了過去，幾乎撞翻了電話機。

她拿起電話的聽筒來，便聽得對方急急地道：「木蘭花小姐麼？」

「不是，她在，你是誰？」

「我是警方的值日警官，高主任請木蘭花小姐立即到警局來，他自己因為立時要從家中趕來，所以來不及打這個電話。」

木蘭花已接過了電話聽筒，道：「發生了什麼事？」

「我們接到『兄弟姐妹號』的無線電話，遊艇上發生了意外。」

木蘭花只覺得全身都泛起了一股涼意！

她陡地吸進了一口氣，道：「那……是什麼意外？」

「穆小姐……新娘失蹤了！」

木蘭花的手突然一震，電話聽筒幾乎自她手中落了下來。

穆秀珍失蹤了！簡直是不可能的事情，可能那電話是在開玩笑。

一想到了是開玩笑，木蘭花立時恢復了鎮定，她答道：「好的，我立刻就來，高主任如果先到，請他在警局等我。」

木蘭花放下了電話，安妮急道：「究竟是怎麼一回事！蘭花姐，秀珍姐失蹤了？四風哥呢？遊艇上只有他們兩個人啊！」

木蘭花並不回答安妮的話，因為她和安妮一樣，才接到這消息，根本不知道進一步的情況，而且，她還懷疑那消息是假的。

安妮見木蘭花不出聲，更慌了起來，道：「蘭花姐，我們怎麼辦？」

木蘭花道：「別急，我們先弄清楚事情是真是假！」

安妮深深吸了一口氣，道：「對，打去警局問問。」

木蘭花撥了警局的電話號碼，道：「請接值班警官。」

不到十秒鐘，木蘭花便聽到了值班警官的聲音，一聽到那警官的聲音，木蘭花的心便陡地向下一沉！

因為那正是剛才打電話來的那人的聲音，那人真的是值班警官，那麼，穆秀珍在遊艇上失蹤一事，也就斷然不是開玩笑了！

木蘭花道：「我沒有什麼特別的事，高主任到了沒有？」

「還沒有，但是他立即可以到，蘭花小姐，請你等一等，」值班警官叫著，

「高主任剛有電話來，他截到了一輛巡邏警車，已到碼頭去了，請你也到碼頭去，雲先生會將遊艇駛回碼頭來，他希望你在碼頭和他會面。」

木蘭花放下了電話，道：「走！」

她和安妮是才離開了碼頭回來的，回家之後，連坐也沒有坐穩，就立時要回到碼頭去，人生突如其來的變故，實在太多了！

汽車向前急駛著，在接近碼頭時，就不斷聽到警車的嗚嗚聲，從各條街道向碼頭集中，轉出了街角，便可以看到碼頭上一片光明。

幾輛配有探射燈的警車，正將探射燈射向海面，海面上的霧比剛才離去的時候更濃，在探射燈的光芒之下，可以清楚地看出，濃霧在海面之上一團一團地翻翻滾滾，變幻莫測，而海面上則十分平靜，「兄弟姐妹號」還未曾駛回來。

木蘭花才停下了車，便看到高翔向前奔了過來。

高翔穿著一件大衣，但是在大衣中的，卻是睡衣。顯然是他回到了家中之後，才換上了睡衣，準備睡覺，壞消息就來了。

木蘭花跨出了車，道：「怎麼一回事？」

「我也不知道，是四風用無線電話和警局聯絡的，值班警官便立時通知了我，我吩咐他立即打電話給你，來聽聽四風電話的錄音。」

木蘭花點著頭，兩人一齊奔到了一輛警車之前，一個警官按下了答錄機的鈕掣，他們都聽到了雲四風急促而驚駭的聲音，在叫著道：「警局，警局，我是雲四風，我是雲四風，請立即通知高主任和木蘭花，我的新娘失蹤了，請你快通知他們，我會立即將船駛回來的！」

木蘭花忙問道：「你有再和四風聯絡過？」

「有，可是『兄弟姐妹號』上卻沒有回音，『兄弟姐妹號』上的無線電通訊設備好像是壞了，我已派出四艘水警輪去找它了。」

高翔正在說著，一個警官又奔了過來，道：「報告，高主任，二號水警輪發現了『兄弟姐妹號』，正在以高速向碼頭駛來。」

高翔道：「知道了。」

他轉頭向木蘭花望去，當然，高翔是在徵求木蘭花的意見，木蘭花是在無論什麼情形之下，都鎮定過人的，但是現在，由於事情的發生實在太突然了，是以她的臉色也是十分蒼白，她雙眉深鎖著，來回踱著步，一聲也不出。

連木蘭花也沒有了主意，別人自然也只好焦急地等待著。

他們等了約莫三分鐘，便聽得在碼頭上的警員一齊叫了起來：「『兄弟姐妹號』！」

「真的，那是『兄弟姐妹號』！」

「兄弟姐妹號」突然從濃霧中衝了出來，當它被人看到之際，它離碼頭至多只有五六十呎了，但是它卻還是以極高的速度向前衝來。

高翔一看到那樣情形，立時大叫了起來：「快搶救！」

停在碼頭邊的兩艘水警輪，幾乎是不待高翔呼叫，便已開始了動作，「轟」「轟」兩聲響，兩支鐵錨射向「兄弟姐妹號」的甲板。

「兄弟姐妹號」是特殊構造的，它的甲板是鋼的，「錚」、「錚」兩聲響，兩支鐵錨射了上去，立時滑了開來，但，當滑到船弦時，還是鉤住了船弦。

那兩艘水警輪也立時開足了馬力，向相反的方向駛了出去，聯結鐵錨的手臂粗細的鐵鏈，立時被拉直，發出「格格」的聲響來。

如果「兄弟姐妹號」向前衝來的力道，不如那兩艘水警輪的力道，那麼，「兄弟姐妹號」是立即可以被拉住，不致撞向碼頭的。

但是「兄弟姐妹號」卻是特殊設計的，它的馬力至少在水警輪的四倍，而且，它向前衝來的速度十分高，是以那兩艘水警輪竟拉它不住，它還是向碼頭撞了過來。

這一切，全是在不到半分鐘之內發生的事，快得連使人有應付意外的心理準備都來不及，一切驚心動魄的事便已發生了！

只見在鐵鏈拉直之後，開足了馬力向前的兩艘水警輪，反被拉得向後退來，「兄弟姐妹號」仍然衝向前，一聲巨響，撞在碼頭的木架上。

剎那之間，海水激起一丈多高，海水捲上岸來，站在碼頭邊上的人，全給海水沒頭沒腦地淋了下來，淋了個全身透濕！

碼頭的木架倒了下來，「兄弟姐妹號」陷在倒塌的木架之中，船身還在震動著。那兩艘水警輪雖然未能將「兄弟姐妹號」拉住，但是卻也大大減少了「兄弟姐妹號」的衝力，不然，「兄弟姐妹號」在撞到了木架之後，可能進一步撞向碼頭的木柵。

那種猛烈的撞擊，是有可能引起爆炸的！現在，至少爆炸的危險是沒有了。高翔和木蘭花也全被海水淋濕了身子，但是他們還是不顧一切向倒塌了的木架奔去。

他們迅速地爬下了木架，跳到了「兄弟姐妹號」的甲板上。然後，他們又合力將木架移開，木蘭花首先鑽進了駕駛艙中，她立即看到雲四風伏在地毯上，顯然已經昏了過去。

當木蘭花扶起雲四風之後，高翔也進了駕駛艙，高翔先停止了引擎，船身已停止了震動，他才轉過身來看雲四風。

雲四風的面色蒼白得可怕，高翔高聲向外叫道：「準備救護車！」

木蘭花道：「你將他扶上去，我去找秀珍。」

高翔道：「秀珍……不是失蹤了麼？」

木蘭花道：「秀珍怎麼會失蹤？一個人如何會在一艘遊艇上失蹤？」

高翔也難以回答木蘭花的問題，只得道：「我也不知道，那是四風在電話中說的，他說秀珍失蹤了，他會立即回來。」

木蘭花搖著頭道：「他們一定遭到了意外，你快扶四風上去，將他送到醫院中，派多些人到船上來搜索，我會立即到醫院去找你的。」

高翔點著頭，將昏迷不醒的雲四風負在肩上，鑽出了駕駛艙，甲板上全是倒坍下來的木板，舉步艱難。

救護車也已到了，救傷人員抬著擔架，合力將雲四風抬了上去，送進了救護車，高翔甚至來不及和安妮打一個招呼，就跳上救護車，疾駛而去。

安妮一直坐在汽車中，她狠狠地咬著指甲，前後只怕還不到一小時，剛才他們送雲四風和穆秀珍上船的時候，是什麼情景。而現在，又是什麼情景？

安妮將自己的指甲咬得那麼重，可是她卻一點也不覺得疼痛。她聽到木蘭花在叫著，要岸上、水上的探照燈，一齊集中在「兄弟姐妹號」上。

幾十名警員一起努力地工作著，他們的工作效率十分之高，他們用繩索綁住了倒塌的木架，然後用力將木架自船身上曳開去。

十多名警員跳到了「兄弟姐妹號」上，到處搜尋著穆秀珍，木蘭花是最早走進船上最大一間艙房中的人，她看到床上攤著一件藍色的睡袍。

那件睡袍的顏色，是穆秀珍最喜歡的。

從那情形看來，分明是穆秀珍已經準備換睡袍了，而變故一定就在那時發生的，木蘭花自然無法想像那究竟是什麼樣的變故。

一切的經過，根本無從猜想起，只有聽雲四風的敘述。

木蘭花指揮著警員，在遊艇的每一部分尋找著，但是找不到穆秀珍。

木蘭花上了碼頭，來到了車前。

安妮的嘴唇在劇烈地發著抖，她幾乎一個字也講不出來。

木蘭花的臉色也十分蒼白，但她總算還可以講話，她道：「安妮，我們到醫院去。」

安妮勉力道：「秀珍姐……她怎樣了？」

「不知道，我們到醫院去，去問四風。」

木蘭花上了車，她伸手召來了一名警員，道：「請你駕車，送我們到醫院去，我的神經十分緊張，不適宜開車，請盡量快些。」

那警員答應著，駕著車，疾駛而去。

木蘭花雙手捧著臉一聲不出，她在苦苦思索著：「究竟發生了什麼，究竟是發生了什麼意外？」

安妮的聲音仍然在發顫，道：「蘭花姐，那兩次電話——」

木蘭花的身子陡地一震！

是的，那兩次電話！

那低沉的聲音，曾預言穆秀珍會失蹤，曾預言穆秀珍會消失在空氣之中，現在，這預言已實現了！

而當時，木蘭花只將那電話當作是無聊的恐嚇！

木蘭花深深地吸了一口氣，她至少已明白了一點，穆秀珍的失蹤，是一項深謀遠慮的安排，並不是突然問發生的事！

當然，到目前為止，木蘭花所知道的，也僅此而已。

車子到了醫院門口，木蘭花下了車，推著安妮，向醫院中走去，醫院中有不少警方人員在，一看到了木蘭花，全迎了上來。

一個警官道：「高主任在二樓。」

木蘭花來到了升降機前，到了二樓，高翔正在走廊中來回踱著步，一看到了木蘭花，立時道：「醫生說，四風受了極度的刺激，需要鎮定。」

「但我們一定要問他幾句話！」

「是的，我也那麼說，醫生說已注射了鎮靜劑，為了病人著想，三十分鐘之內，絕不能去驚擾他，所以我……只好等著。」

木蘭花頓足道：「那怎麼行？遲了三十分鐘和早三十分鐘，可能直接關係到能不能救出秀珍來，四風不是那樣脆弱的人，我去問他！」

木蘭花的話提醒了高翔，高翔忙道：「跟我來。」

3 神秘電話

他們立時向一間病房走去，到了病房門口，兩個護士道：「醫生吩咐說，病人——」

她們的話還未曾講完，木蘭花已然斬釘截鐵地道：「不論醫生說些什麼，我們都立即要和病人交談，請你們讓開！」

木蘭花堅定的語氣，令得那兩個護士呆了一呆，而高翔已經推門而入了。

高翔才一推門進去，便看到雲四風自病床上坐了起來。木蘭花也連忙一閃身，走進了病房。

雲四風的臉色，甚至比潔白的床單還要白，他張大著眼，望著高翔和木蘭花，臉上那種茫然的神情，像是根本不認識他們一樣。

高翔和木蘭花兩人，直來到病床之前。

也就在這時，病房門再次被打開，一個中年醫生滿面怒容走了進來，直指著門外，道：「出去，不管你們是什麼人，出去！」

木蘭花卻立時回答他，道：「不論你是什麼人，我們都不出去，我們要和病人談話。」

「這裡是醫院，」那醫生臉漲得通紅，「沒有比挽救病人更重要的事，你們要侵擾我的病人，請你們立即出去，出去！」

木蘭花冷笑著，道：「醫生，病人並不像你想像中那樣不濟事，他也急於要和我們談話，四風，你是不是要趕我們出去？」

雲四風呆了幾秒鐘，才用極疲乏的聲音道：「不，你們留在我身邊，我有……我有……很多話要和你們說，我現在已覺得好多了！」

那醫生立時走過來，按了按雲四風的脈搏，又翻開雲四風的眼皮，檢查雲四風的瞳孔，然後令他喝下了一大杯水，才道：「好，你們說吧！」

他轉身向外走了開去。

木蘭花在床沿坐了下來，高翔則在室內來回踱著，木蘭花將一隻枕頭塞在雲四風的背後，道：「四風，你別緊張，慢慢說。」

雲四風的身子忽然又發起抖來，他嗚咽著道：「我不知道發生了什麼，我也無從說起，我實在不知道發生了什麼！」

從他的話中聽來，雲四風的精神顯然還在極不穩定的狀態中，他一面講，一面還毫無意義地揮著手，像是想抓住些什麼。

木蘭花和高翔雖然急於知道事情的經過，但是看到雲四風那樣的情形，他們也知道，那是急不來的，只好聽他慢慢地說，是以木蘭花道：「你不妨慢慢講。」

雲四風哭出了聲來，道：「秀珍不見了！」

「是啊，我們已經知道，我們可以將她找回來的，但你得先將她是如何不見的，講給我們聽。」木蘭花的聲音，聽來十分柔和。

那種柔和的聲音，對一個神經緊張的人來說，無異是一種鎮靜劑，雲四風深深地吸了一口氣，像是已經鬆弛了不少。

高翔和木蘭花兩人都靜了下來，不再出聲。

雲四風又欠了欠身子，他還未曾開口，病房門打開，安妮也控制著輪椅進來。

雲四風道：「事情……來得實在太突然了！」

木蘭花等人都沒有出聲。一來，他們都不想打斷雲四風的話頭，二則，事情的確來得太突然了，他們都知道這一點。

雲四風在講了那一句之後，又呆了片刻，才深深地吸了一口氣，剎那之間，他的精神似乎又陷入十分不正常的狀態之中。

木蘭花和高翔互望了一眼，高翔想要說什麼，但是木蘭花卻揚起手，不讓他說話，病房之中在剎那間靜得一點聲音也沒有。

然後，突然聽得雲四風哭了起來。

雲四風是一個十分堅強的男子漢，木蘭花、高翔自從認識他以來，從來也未看到他哭過。

雲四風一面流著淚，一面道：「事情來得太突然了，我不知那是如何發生的，我們已駛到了完全看不見陸地的海洋中，風平浪靜，只有我和秀珍，這正是我一直夢寐以求的時刻，秀珍自衣櫃中取出了睡袍來，她臉上那種嬌羞的神態，令我如癡如醉——」

雲四風講到這裡，突然又停了下來。

病房中的人沒有出聲，雲四風喘著氣，突然伸手，握成了拳頭，在他自己的額角用力地敲著，不住的說道：「我為什麼要離開她，我為什麼要離開她？」

他一面說著，一面臉上現出悔恨莫及的神色來。

他哀嘆著，身子在劇烈地發著抖，他的情緒一定激動之極，因為他竟難以再開口講下去。

就在這時，安妮突然叫：「四風哥！」

安妮的眼中，雖然也是淚水盈眶，但是她的聲音卻是那麼地鎮定，鎮定得使人感到意外，那種鎮定的聲音，令得雲四風也突然一呆。

雲四風抬起頭來，想看安妮，他的身子也不再發抖了，顯然是安妮的鎮定聲音，對他起了一定的作用，他道：「你叫我，安妮？」

「是的，四風哥。」安妮的聲音聽來像是根本就沒有什麼意外發生一樣，「我叫你，你鎮定一些，我們一定能將秀珍姐找回來的。」

「一定……能將……她找回來？」雲四風像是在做夢。

「是的，一定。」安妮回答著。

當她那樣回答雲四風之際，連她自己也不知道何以會有那樣的信心，但是她卻知道一點，為了令雲四風鎮定下來，她非那樣說不可！

雲四風深深地吸了口氣，又呆了片刻，才又開口。

當他再度敘述的時候，他的聲音已鎮定得多了，他道：「那時，我如癡如醉望著她，她撒著嬌，不肯當著我的面換睡袍，我笑著退出船艙，告訴她，我去將船的速度控制到最慢，她也笑著，將我推了出來……」

雲四風的敘述，講盡了一對新婚夫婦間的旖旎風光，聽來令人十分出神，而聽到的人都無法想像變故是如何發生的。

雲四風苦笑了一下，道：「我來到了駕駛艙中，檢查了一下自動駕駛系統，一切都很正常，船正順著海流，以極慢的速度在前進，平穩得就像是泊在碼頭上一樣，我至多是耽了三分鐘，便回到了艙中，可是當我推開門時，那襲睡袍在床上，秀珍人卻不見了，我還當她躲了起來和我開玩笑，所以我也不動聲色，開始找她，但是當十分鐘之後，我還未曾找到她，我開始著急起來，我叫著她，她聽到了我那種迫切的聲音，是應該出來的了，可是她卻沒有出來……」

雲四風講到這裡，又急速地喘起氣來，道：「她失蹤了，她已不在艇上，我連忙奔回駕駛艙，將船停下來，我站在甲板上叫她……」

他並沒有再向下講去，但是各人卻都可以想像當時的情形，他在甲板上聲嘶力竭的叫著，但是在大海之中，卻根本沒有人回答他！

秀珍就那樣消失了，而雲四風在甲板上，叫到喉嚨都沙啞了！

雲四風雙手緊握著拳揮動著，又道：「我心中焦急得一點主意也沒有，我就和高翔聯絡，但無線電只能打到警局，接下來的事，你們也知道了。」

雲四風講完了經過，緊張地坐著，他自然是在等待木蘭花、高翔，甚至是安妮的意見，但是他們三人卻全不出聲。

事情實在太怪異了，好好地在船艙中的穆秀珍，何以會突然失蹤？而且，在失蹤之前，還有兩次神秘電話的警告！

木蘭花等三人全不出聲，雲四風的臉上又再度出現極之緊張的神情，道：「你們看……她會不會躲起來，想和我開一個玩笑，結果跌進了海中？」

木蘭花站了起來，用斬釘截鐵的語氣道：「不會的，就算跌進了海中，以她的泳術而論，也是不要緊的，我們不可忘記在事發之前的那兩次神秘電話。」

「你的意思是說，秀珍是被人擄走了？」高翔問。

木蘭花點點頭道：「是。」

雲四風搖著頭道：「那是不可能的，當時海面之上，絕沒有別的船隻，而在『兄弟姐妹號』上，只有我們兩個人——」

木蘭花立時更正雲四風的話，道：「四風，你應該說，你以為『兄弟姐妹號』上只有你們兩個人，如果另有別人匿藏在船上，你怎知道？」

雲四風張大了口，不再出聲。

木蘭花緩緩地道：「這件事，在我們來說，是一件意外，但是在敵人而言，卻是一項計劃得非常之久的陰謀，而且敵人的陰謀計劃得十分周詳，我們將全部預防敵人發動的力量放在家中和酒樓，但是敵人卻早已準備在遊艇上下手了！」

高翔嘆了一聲，道：「那是我們疏忽了。」

木蘭花的神色變得十分凝重，道：「是的，那是我們的疏忽，但是敵人方面也一樣有疏忽，我們絕不是毫無線索可循的。」

雲四風一聽，喜得從病床之上直跳了起來，道：「蘭花，你說有線索？有什麼線索？我們快去進行，秀珍她，她……她……」

高翔連忙走過去扶住雲四風的身子，因為雲四風一面說著，一面身子搖搖欲墜，他將雲四風扶到了床上，又令得他躺了下來。

木蘭花已然道：「四風，究竟是什麼線索，你可以不必管，你只要在醫院中好好靜養，其餘什麼事，都不必你來管。」

雲四風叫了起來，道：「那怎麼行？」

木蘭花沉聲道：「你一定要照我的話做，我要秀珍回來之後，看到一個精神奕奕，容光煥發的新郎，而不是一個急得走投無路的精神失常者！」

雲四風道：「可是……可是……」

安妮立時道：「四風哥，不要再多說什麼了，蘭花姐已然說有了線索，你還不相信她的能力麼？我們一定盡全力將秀珍姐找回來的！」

雲四風嘆了一聲，道：「好，我聽你們的話，唉，但是要我留在醫院中，我只怕一分鐘也閉不上眼睛，唉，我怎能靜下來休養？」

木蘭花安慰著他，道：「如果在事情的進行中，有需要你參加的地方，我們一定會通知你的，現在，你也須強迫自己休息！」

木蘭花講完，立時推著安妮，向病房之外走了出去。

高翔也連忙跟在後面，三人出了病房，關上了門，還聽得雲四風發出了一下長嘆聲。在病房外，那位醫生還滿面怒容地在踱著步。

木蘭花來到那醫生面前，道：「醫生，你的病人狀況很好，我想他只需要輕量的鎮靜劑就可以了，請原諒我們的打擾！」

那醫生「哼」的一聲，走進了病房。

安妮抬起頭來，道：「蘭花姐——」

木蘭花像是知道她要問什麼一樣，立時搖了搖頭，道：「現在別說什麼，等離開醫院再說，我已經有了行動的步驟了！」

高翔和安妮兩人互望了一眼，他們心中都不知道木蘭花所說的「行動步驟」是自何處而來的，因為在他們而言，整件事還完全是一個謎，一點頭緒也沒有！

自然，他們也知道事先有那兩個電話，那兩個電話必然和穆秀珍的失蹤有關的，但那兩個電話，卻也無線索可尋。

但是，高翔和安妮都知道木蘭花那樣說，一定是有道理的，因為現在並不是在病房中，他們也不是雲四風，是不需要設詞來安慰的。

他們三人出了醫院，上了警車，司機等在車旁，在聽候高翔的吩咐，高翔則望著木蘭花，因為高翔也不知道木蘭花行動的步驟是什麼。

木蘭花連想也不想，只是說道：「送我們回家去。」

高翔的雙眉揚了一揚，他的心中感到十分奇怪。木蘭花剛才說已經有了行動步驟，可是這時卻又說送她回家去，那不是自相矛盾麼？但木蘭花既然那樣吩咐了，高翔卻也不說什麼。

司機立時上了車，駕車向郊外駛去。

這時正是凌晨時分，街道之上十分寂靜，警車不一會兒就出了市區，不多久，便到了木蘭花的住所門口，木蘭花道：「可以讓車子回去了。」

高翔實在忍不住，問道：「蘭花，你說——」

可是木蘭花還是打斷了他的話頭，道：「進去再說。」

高翔揮手令警車離去，他推著安妮走了進去，一進了客廳，木蘭花便著亮了燈，她隨即吩咐道：「安妮，打電話給兩個人。」

「哪兩個人？」安妮有點莫名其妙。

「就是在婚禮籌備期間，幫了我們很大忙的那兩個。」

「是何保他們？」

「是的。」

安妮答應著，推著輪椅去打電話，木蘭花則在沙發中坐了下來，托著頭，沉思著。不到五分鐘，安妮已轉過頭來，道：「何保立即來，另一個沒有聽電話。」

高翔忍不住又問道：「蘭花，你究竟在鬧什麼玄虛？」

「一點也不是什麼玄虛，高翔，」木蘭花回答，「你想，秀珍和四風更衣離開酒樓之後去度蜜月，而不是回到他們的新居去，這一點，是不是在事先保守著秘密，只有我們幾個人才知道的事？」

木蘭花一句話，提醒了高翔和安妮！他們兩人立時「啊」地一聲，叫了起來。

木蘭花又道：「在雲家兄弟中，大約只有五風是知道的，連四風的幾個哥哥，也是臨時到碼頭去送行才知道的。」

高翔道：「不錯，而擄劫秀珍，卻是早有計劃的！」

安妮搖著頭道：「但我們幾個人是不會將消息洩漏出去的啊，我知道，蘭花姐，你是說何保他們兩人中的一個——」

木蘭花點頭道：「對了，除了我們三人外，只有他們兩人才知道，他們之中的一個，去通知了我們的敵人，以致我們的敵人有時間從容準備。」

高翔和安妮齊聲問道：「是誰？是他們兩個人中的誰？」

「何保！」木蘭花立即回答。

由於木蘭花的回答是如此的肯定，是以高翔和安妮都不禁現出忙亂的神色來，安妮問道：「何以不是另一個呢？」

「很簡單，因為何保在家中等著，等我們的電話，他一定已等得很急了，因為他早預先知道會有變故發生的，剛才你打電話，電話鈴響了一兩下便立即有人接聽了，是不是？而現在正是凌晨時刻，就算電話就在床邊，也不會那麼快接聽的。」

高翔和安妮大是心服。

木蘭花又道：「為了表示他是清白的，他一定盡快趕來我們這裡，他到了之後，你們都別說什麼，只當什麼事也沒發生過，由我來對付他。」

高翔和安妮互望了一眼，道：「知道了。」

木蘭花長嘆了一聲，道：「這是我們唯一的線索了，唉，要是這條線索斷了的話，我根本不知從何處著手進行才好了！」

木蘭花的話說得如此嚴重，那是高翔和安妮在其他事件中很少聽到的，是以他們兩人的心情，也變得出奇地沉重。

木蘭花又輕輕嘆了一口氣，站了起來，來到了唱片櫃前，選了一張唱片，當悠揚的音樂播送出來時，高翔和安妮都聽出，那是「田園交響曲」。

他們不斷地望向門外，希望何保快一點來到，足足等了十五分鐘，那實在是十分長的十五分鐘，才看到一輛車，停在鐵門之外。

木蘭花立時通過擴音器，道：「請進來，門沒有鎖！」

他們立時看到何保高大的身形匆匆走了進來，高翔立時打開了門，何保一步跨了進來，神色緊張地道：「發生了什麼事？」

他問了一句之後，四面一看，又笑了起來，道：「原來沒有什麼事，那是我神經過敏了，我以為這時候叫我來，一定有意外了！」

他的臉上掛著十分親切的笑容，但是高翔和安妮兩人回報他的，卻是冰冷的神色，只有木蘭花笑著，道：「何先生，請坐。」

何保的神色略有些尷尬，道：「別客氣。」

木蘭花仍然帶著微笑，她那種若無其事的神情，實在令得高翔和安妮兩人佩服不已，因為他們知道她心中是十分著急的。

「何先生，我們有了一點點小麻煩。」木蘭花說。

「是麼？」何保顯得十分熱心，「如果我可以幫忙的，一定幫忙。」

木蘭花道：「那真有點不好意思，秀珍的婚禮，已使你們忙了那麼久，多謝你上下打點照應，怎好意思再來麻煩你呢？」

何保笑道：「不要緊的，是什麼事？」

「我們誤信了一個人，這個人出賣了我們。」木蘭花說著，臉上的笑容漸漸斂去，她雙目十分有神，望住了何保。

何保的面色十分尷尬，任何人都可以看得出他是在力充鎮定，他坐在沙發上的身子，向後閃了一閃，像是要躲避開去一樣。

安妮特地坐在何保的身邊，她甚至可以看到，何保臉上的肌肉在作不規則的跳動，安妮忍不住發出了一下冷笑聲來。

何保也覺得氣氛十分不對了，他站了起來，陪著笑，道：「蘭花小姐，這事情，我看我無能為力了，我……還是告辭了。」

木蘭花笑了起來，道：「何先生，除了你之外，沒有人可以幫助我們，因為出賣了我們的不是別人，正是你，何先生！」

何保大驚失色，轉身便向門口奔了出去。

但是他只奔出了兩步，高翔便大喝一聲，一個箭步竄了上去，雙手揚了起來，在何保的背後重重的一掌，擊了下去——

「砰」地一聲響，一掌擊個正著。何保的身子向前直仆跌了下去。

他倒在地上，一個翻身便想跳起來，但高翔早已趕了過來。高翔趕過去，伸出一腳踏住了何保的咽喉，何保在地上，用力掙扎著。

木蘭花仍然坐著，道：「讓他起來，高翔，別對付他。」

高翔冷笑一聲，退了開來。

何保蹲在地上，身子縮成一團，臉上現出駭然之極的神色來，木蘭花道：「好了，何先生，秀珍在什麼地方，我不會難為你的。」

何保哭喪著臉，道：「我不知道，我——」

他只講了一聲「不知道」，高翔抬起腳來，作勢欲踢，何保抱住了頭，滾在地上，叫了起來，道：「我真的不知道，真的！」

木蘭花又向著高翔揮了一揮手，道：「讓他說吧！」

高翔怒道：「不讓他吃點苦頭，不知他放出什麼屁來！」

木蘭花雙眉微蹙，高翔的這種態度，當然不是一個良好的警務人員所應有的，但木蘭花卻沒有出聲去批評高翔。因為穆秀珍離奇失蹤，生死未卜，在那樣的情形下，高翔表現得急躁一些，也是人之常情，是不能十分去苛責他的。

所以，木蘭花只是道：「待他亂說的時候再講吧。」

何保突然從地上站了起來，飛奔到木蘭花的面前，跪了下來，道：「蘭花小姐，你……千萬要相信我，我講的全是實話！」

木蘭花冷笑一聲，道：「起來，現在，我相信你什麼？你甚至一句話也未曾講，你是和什麼人合作，怎樣架走秀珍的？」

何保的全身都發起抖來，道：「沒有……我沒有……和人合作，只不過是我接到了一個電話，我也不知那電話是誰打來的……」

何保一面說，一面望著木蘭花。

木蘭花臉上的神情十分冷漠，也看不出她對何保的話，究竟是信還是不信。

何保又道：「那電話……用我以前犯的一件案子來威脅我，蘭花小姐，這件案子一直未曾被揭發過，我只當是再也不會有人提起的了，如果這件案子揭發了……」

他講到這裡，全身發起抖來。

木蘭花冷冷地道：「講下去！」

何保道：「案子如果揭發了，我至少要坐十年監，蘭花小姐，我是不能再去監獄的，所以……我不得不回答了他幾個問題，我回答的幾個問題，全是無關緊要的，直到剛才，我在家中又接到了那神秘的電話，才知道他們做出了那樣的事！」

何保的最後一句話，令得木蘭花和高翔兩人聳然動容，齊聲道：「噢，你又接到過那人的電話，他在電話中說了些什麼？」

何保道：「他說……多謝我的幫助……他已令得穆秀珍失蹤了，他還說，如果你們聰明的話，一定會來找我，嚇得我在床上發抖……」

木蘭花雙眼盯著他，道：「接著，我的電話就來了？」

何保點著頭，道：「是……的。」

木蘭花想了片刻，才道：「我可以相信你的話，可是你得告訴我，那人在電話之中，向你問了一些什麼，你又是如何回答他的。」

何保道：「他問我，秀珍和雲先生結婚，從酒樓回來之後，如何開始度蜜月，我告訴他，他們是登上『兄弟姐妹號』去周遊世界。他又問我『兄弟姐妹號』上的情形，我就據自己所知告訴了他，他還問到了『兄弟姐妹號』的速度，我也約略告訴了他。」

「你總共只有接到他一次電話？」

「是的，只有一次，我也不敢和你們說，因為他說我一講，檢查官就會接到密告，我就一定逃不了被判入獄的命運的！」

木蘭花深深地吸了一口氣，抬起頭來。

這時，高翔、安妮也一起向木蘭花望去。

剛才，木蘭花曾說過，何保是唯一的線索，如果不能遵循那條線索追尋下去的話，那麼，她也想不出什麼別的辦法來了。但是如今，根據何保的供述看來，線索似乎已經斷了！

線索斷了，他們怎麼辦？

高翔和安妮雖然不出聲，但是汗水卻從他們的額上滲了出來，可見得他們的心中，實在是急到了極點。

木蘭花呆了片刻，才站了起來，道：「安妮，你看住他，他若是有異動，你就不必客氣，來，來，高翔，我和你商量幾句話。」

高翔答應著，和木蘭花一起上了樓。

他們走進了工作室，關上了門。

高翔立時道：「蘭花，何保所講的話，你相信麼？」

木蘭花道：「很難說，從他的神情看來，好像是真的，但是他老奸巨滑，也可能是假的。高翔，他仍是我們唯一的線索！」

高翔立時領悟了木蘭花的意思，道：「你是說，放他走，然後跟蹤他？」

「是的，你先到他的車子中藏起來，然後跟他回去，別讓他知道，我去敷衍他幾句，就讓他離去，你從後門走好了。」

高翔道：「我可以跳窗而出的！」

木蘭花嘆了一聲，道：「這樣也好，但你得要小心些。」

高翔推開了窗子，跳了出去，等到高翔離去之後，木蘭花才打開房門，下了樓，何保縮在一張沙發上，裝出一副可憐已極的樣子來。

木蘭花到了客廳之中，來回踱了幾步，道：「何保，你說的話，我們相信了，你可以離去，如果那人再有電話給你，再向我報告。」

何保喜出望外，張大了口，合不攏來。

安妮一聽得木蘭花那樣講，大驚失色，道：「蘭花姐……怎麼行，怎可以放他走？事情完全是他弄出來的，要他把秀珍姐找回來。」

木蘭花來到安妮的身邊，在她肩上輕輕拍了兩下，道：「由得他去吧，事情和他的關係不大，而且我們也有了新的頭緒了，何保，你去吧！」

何保站了起來，又呆了半晌，才慢慢地向外邊走去。

等到他走出了門，來到了花園中，他便快步奔跑了起來，一直奔出了鐵門，喘了幾口氣，便進了車子，駕著車離去了。

何保離去了之後，安妮仍然用懷疑的目光望著木蘭花，木蘭花將自己和高翔商議定的計劃，向安妮講了，然後道：「你在家中，等著和高翔聯絡。」

「蘭花姐，你到哪裡去？」安妮忙問。

「我也不知道，我要到處去走走，總比悶在家中好，或者多少有點消息可以探聽回來。」木蘭花說著，又已上了樓。

十分鐘後，她從樓上下來，已換了裝束，她將一具小無線電波發射儀交給安妮，道：「如果有緊急的事，非通知我回來不可的，你就按這發射儀上的按鈕，我就知道了，記得，如果不是有重要的事，不必通知我的，你要一直在家中，如果你一個人感到難以支持的話，也可以通知雲五風，明白了嗎？」

安妮咬著指甲，忍著淚，道：「我明白了。」

木蘭花向花園中走去，這時，東方已經泛起了魚肚白，整整一夜，她未曾睡過，從酒樓中的歡樂到碼頭的惜別，從突如其來的噩耗，到一夜的奔波，她實在是十分疲倦了。

但是自東方亮起的那一線曙光，卻又令人有一種精神振奮之感。

她上了車，駛走了。

4 生命代價

高翔從窗中攀出去之後，迅速地繞到了鐵門前，到了何保的那輛車旁。

他本來想藏身在車子的後座的，但是當他看到那是一輛小型的房車，那種小型車，行李箱和後面的座位之間沒有什麼阻隔，他就改變了主意，弄開了行李箱。

然後，他橫著身子，躺進了行李箱。

當他在行李箱中藏好之後不久，車子便發動了，何保一定是迫不及待地離開這裡，是以車子幾乎是跳向前去的，高翔心中不禁暗暗咒罵。

他可以感到車子的速度十分高，約在十五分鐘之後，車便停了下來。

那時間是正常的，因為何保在接到電話時，也是十五分鐘左右趕來的。

從時間上來計算，他已到家了。

高翔將行李箱蓋頂開了一些，他聽到關車門的聲音，也看到何保匆匆地走進了一幢建築物，高翔從行李箱中跳了出來。

他發覺車子是停在車房中，那是一幢大廈的車房，他看到電梯正在上升。

電梯停在「十」字上，高翔也知道是何保的住所，他進了另一架電梯，也按了「十」字，電梯迅速地升著，十樓D座，那是何保的住所，高翔心中正在盤算著，如何在暗中監視何保的行動。當電梯停下之後，高翔緩緩地推開了門。

電梯門一推開，高翔就呆了一呆。因為他看到，十樓D座的門外，有一扇鐵閘，那鐵閘拉開著，大門也是虛掩著。

高翔呆了一呆之後，才想：可能是何保太急於回家了，以致連大門都忘了關。

高翔出了電梯，向前慢慢地走去，來到了十樓D座的門口，用心傾聽著，門中十分靜，靜得異乎尋常，而且，也沒有燈光向外透來。

高翔的心中略奇了一下，因為他可以肯定何保是已經回來的了，何以何保到了家中會一點聲音都沒有，又不開燈呢？

高翔本來是可以立即推門進去，看個究竟的，但是他卻立即想到，一定有什麼意外發生了，是以他並不立時進去，只是在門外等著。

他等了足有兩分鐘，仍然什麼動靜也沒有，高翔心中的疑惑到了極點，他慢慢地將門推了開來。等到推開了呎許，他便閃身而入。

一進門，便是一條只有四呎寬，約有十呎長的走廊，高翔跨出了那走廊，從窗中透進來的微弱光芒之中，他可以看到一個客廳。

那客廳的面積大約是三百呎平方，在黑暗中，自然看不清它確切的佈置，但是也可以看出，有一組沙發，和一些普通客廳中都有的傢俱。

高翔更看到，在其中一張單人沙發上，坐著一個人，從那人的身形高下來看，那人正是何保，他在黑暗中坐著，一動不動，而且是面對著高翔的！

何保坐的方向，是面對著高翔的，那麼，高翔進來，他一定可以看得到的，何以他竟然仍端坐著，竟連動也不動一下呢？

剎那之間，高翔只感到氣氛詭異到了極點，他知道，一定有極其驚人的意外已經發生了，那種意外，已降臨到了何保的身上！

高翔緩緩地吸著氣，伸手在牆上慢慢地摸著，他終於摸到了電燈開關，可是，當他按下掣的時候，電燈卻沒有亮！

高翔陡地一震，他有置身在惡夢之中的感覺，在夢中，處身在一個漆黑的環境中，明知有十分驚人的事發生了，但是卻無法亮燈來看一看，那更增加夢境的詭異。但是現在高翔卻明知自己不是在夢中，電燈之所以不亮，當然是遭到了破壞！

高翔的手仍留在電燈掣上，約有半分鐘，才突然自衫帶上取下小電筒來，向前照去。

小電筒發出來的光芒十分暗弱，但是，當暗弱的光柱射到了坐在沙發上不動的何保的臉上時，高翔可以肯定，何保已經死了，何保可怖地睜著眼，鮮血自他的口角流下。

一時之間，高翔還看不出何保是什麼地方受了致命傷，而他心中的吃驚卻是難以形容的，因為他和何保幾乎是同時上來的。

當然，是何保先上來，但是其間相差卻不會超過一分鐘，那麼，凶手一定是早已埋伏在何保的屋子之中的了！

而且，由於他緊接著就上了十樓，凶手可能沒有離去的機會，那也就是說，凶手極有可能還在這個居住單位之中！

一想到這一點，高翔心頭狂跳起來，立時熄了電筒，跳前幾步，在一張沙發之後蹲下身子來，屏住了氣息，一動也不動。

同時，他在急速地轉著念，他在想，何保一回來就被人殺死，如果事情和穆秀珍的失蹤有關的話，那證明何保剛才在木蘭花家中所講的話，是不盡不實的，他一定還有更多的秘密未曾透露，那秘密自然和他如何幫助人使穆秀珍失蹤有關。

也正因為是如此，所以他才被人殺死！

他以為替那人保守秘密，可以免於坐監，現在，他的確不必坐監了，但是他卻付出了他的生命作為代價，他不免太愚蠢了！

高翔在沙發之後，伏了將近半小時。

在這半小時之中，屋子中一點動靜也沒有，但是，整個客廳卻已起了變化。

天亮了，曙光透進屋子來，在灰濛濛的曙光中看來，已死了的何保，臉色更是難看之極。等到光亮已足可以看到屋中一切情形的時候，高翔站了起來。

他相信凶手不會再在屋子中了。

凶手在他趕到的時候，如果還在屋中的話，必定趁著天色黑暗的時候逃走，而絕不會等到天亮的。對一切犯罪行為而言，天亮了，像是一種顧忌。

但是高翔的行動還是十分小心，他握槍在手，打開了幾扇房門，當他推開了浴室的門時，他可以肯定，凶手已走了！

因為浴室的窗上，鐵枝被撬斷了兩根，現出一個恰好可以供人鑽進鑽出的洞，高翔轉過身，來到了何保的屍身之前。

這時，他已看到，有一行血漬，自門口一直滴到何保所坐的那張沙發之前，高翔已可以想像事情是如何發生的了。

那凶手一定是順著水管攀上十樓來，從浴室中進入這屋子，然後，在門後等著，等何保一開門進來，他便立時下手！

高翔伸手在何保的肩頭上，輕輕推了一推，坐在沙發上，早已死去的何保，身子一側，從沙發上滾跌了下來，伏在地上。

當他跌下來之後，高翔也看到了他致死的原因。

在他的背後，一柄利刃，只有刀柄露在外，刀柄上還裹著一層厚厚的布，布巾已然吃飽了血，何保中刀的部位，正是心臟部分，那凶手一定是一個暗殺的老手了，不然，絕不會下手下得那樣乾淨俐落的。

高翔呆呆地站立著，他雖然已想到了何保遇事的經過，但是那卻是對找尋穆秀珍一點作用也沒有的，何保一死，唯一的線索也斷了。

這一次，線索真的斷了，不像剛才那樣還可以挽救，還可以追蹤何保。高翔伸手在自己的額上，重重地敲打了幾下。

他是在後悔，何以剛才一出電梯，看到大門未曾關牢時，不立即推門而入，而在門口傾聽了約兩分鐘之久，凶手可能就是利用那兩分鐘離去的。如果他及時衝了進來，遇到凶手的話，那麼，局面自然大不相同了。

高翔心中後悔著，來到了電話之前，想和木蘭花聯絡。

但當他拿起電話之後，他才發現電話線已被割斷了！

高翔又呆了一呆，凶手對一切都安排得如此周詳，使得高翔在每一處地方都受到打擊！

但是高翔卻是一個十分堅強的人，所受的打擊越是重，他應戰的勇氣也十分強，他放下了電話，開始在整個屋子之中，展開詳細的搜尋。

高翔搜尋何保住所的目的，是希望發現何保和什麼特殊人物聯絡的證據。但是，過去了足足一小時，高翔卻失望了。

他回到客廳中，伸足將何保的屍體踢得翻了一個身，何保一定是在極度驚愕中死去的，這一點，從他臉上一直保留著的那種神情可以看出來。

他的右手緊緊地抓住他自己胸前的衣襟，左手的五指也緊緊地捏著，高翔心中一動，連忙蹲下身子，將何保的左手五指扳了開來。

看何保那樣緊捏著五指的情形，他以為在何保的左手之中，可能捏著什麼重要的物事！

但是，何保的手中，卻是空的！

高翔憤怒地再去拉何保的右手，何保的右手中倒是捏著一樣東西，他的右手是抓住了衣襟的，握在他手中的，便是他西裝上的一粒鈕扣。

那鈕扣還是連在衣襟上的，直到高翔去垃動何保的右手，由於何保的手正在抓著那鈕扣，所以「啪」一聲，將鈕扣拉了下來。

高翔由於什麼結果也得不到，心中十分惱恨，奪過了那枚鈕扣，順手便向外拋去，這粒鈕扣向外滾了出去，突然發出了一下金屬碰擊的聲響。

高翔連忙轉過頭看去，只見那鈕扣在滾出了不遠之後，齊中裂了開來，裂成了兩半，那分明不是一粒普通的鈕扣！

高翔不禁喜出望外，立時一躍而起，將裂成了兩半的鈕扣拾了起來，那鈕扣，看來和尋常的無異，但實際上，卻是一隻小小的圓形盒子。

而在那盒子之中，則是一盤極細的錄音帶，那種錄音帶，放在特種的答錄機上，可以發出十分清楚的聲音來。

高翔心中的高興，實是難以形容。

這時候，他並沒有那種超小型的答錄機，自然也還未能知道在這一卷細小的錄音帶上，有著什麼秘密，但是他卻可以肯定，他已得到了極重要的線索。

因為何保的右手，緊緊地握著那鈕扣。

從何保背後中刀的部分來看，他中了刀之後，不可能活得超過十秒鐘，而在那短短的一剎間，他什麼也不做，只是握住了那枚「鈕扣」，由此也可以知道，在那錄音帶上一定蘊藏著十分重要的秘密！

高翔取出金煙盒來，將那「鈕扣」放了進去。

然後，他站起身，迅速地走出門去，他將門關上，拉好了鐵門，向電梯走去，他已經計劃好了，一下樓，立時通知木蘭花到警局去。

然後，他也回警局，警局中有的是那種超小型的答錄機，那麼，他也立即可以知道，在何保如此珍藏的錄音帶上有什麼秘密了。

他匆匆地向前走著，並沒有留意到另一個居住單位之中，也走出來的一個中年男子。

那中年男子也到了電梯之旁。

在一所大廈之中，同時有兩個人等候電梯，那絕不是什麼值得奇怪的事，是以高翔明知有人來到了自己的身邊，他也未曾回過頭去看看。

在他想來，那一定是大廈中的住客而已。可是，當那中年男子來到了高翔的身後之際，高翔突然覺得，腰際有硬物頂了一頂，高翔的身子陡地一震，立時待轉過身來，卻已遲了！

他聽得一個低沉的聲音道：「別動，高主任，槍口是有滅聲器的，我一扳動槍機，沒有人知道你為什麼會伏屍此處！」

高翔無法再轉過身去，自他的腰際生出了一股寒意，那低沉的聲音接著道：「高翔，看來你徒負虛名，一個好的警方人員，應該時時刻刻保持警惕，絕不會有人來到了他的身邊都不知道的，你同意我的見解麼，高先生？」

高翔苦笑了一下，並不出聲。

那低沉的聲音又命令道：「轉身，回去！」

高翔像是機械人一樣地轉過身去，他很想在轉過身的時候，看看對方是怎樣的一個人，但是對方的槍口，抵得十分之緊，使他不敢妄動。

他非但未曾看清那人的模樣，而且，在他轉過身去的時候，他腰際的一柄小手槍，被那人伸手取了出來。

高翔只在他的手槍被取走的那一剎間，低了低頭，看到了那人的手，他看到那人的小指上，戴著一枚相當大的青金石戒指，式樣十分奇特。

高翔轉過身之後，槍口抵在他的背上，那正是心臟部位，和何保中刀的地方一樣。如果對方扳動槍機，那麼，兩秒鐘之後，世上就沒有高翔這個人了！

高翔拉開了鐵門，又推開了門。

才一推開門，高翔就知道毛病出在何處了！

因為那時，天色已然大亮，他立時可以看到，在何保的客廳對面，大約只有二十呎，是另一排窗子，那是屬於同一座大廈，另一個居住單位的，從那一排窗戶中，可以清楚地看到在何保的客廳中所發生的一切，而高翔竟一直未曾注意這一點！

高翔緩緩地吸了一口氣，他現在已經知道更多的事實了。他知道，那凶手（自然就是此際制住了他的那人）在行凶之後，一定立即聽到了電梯推開的聲音，是以他迅速地逸去，他並不是從浴室的窗口攀到樓下，而是爬回了他自己的住所！

那自然是他的臨時住所，是他特地為了接近何保而租下來的，然後，那凶手便一直在對面，注意著自己的動靜，直到自己走了出來。

那凶手即使不是住在這裡，這裡一定也是他活動的據點，對高翔而言，那是一個極其重大發現，但是，他的發現是不是能講給別人聽，還大成疑問！

高翔此際，心中唯一值得安慰的是，當他發現那枚「鈕扣」，拾起那枚「鈕扣」，發現那是錄音帶之際，他一直是蹲著的。

他站立的行動，在對面的窗中可以一覽無遺，但是他蹲下來的時候，對面窗中的偷窺者卻不知道他在做什麼。那也就是說，對方不一定知道他已得到了如此重要的線索。

高翔被迫到了一張桌子之前，才聽得那人道：「行了，站著別動。」

高翔站定了身子。

那人的聲音，可能是天生如此低沉，而並不是假裝出來的，因為他一直用那種低沉的聲音在說話，給人以一種十分陰森之感。

只聽得他又道：「高主任，你一定已得到什麼，請你拿出來，放在桌子上。」

高翔搖著頭，說道：「我真不明白你在講些什麼？」

那人冷笑了幾聲，道：「高主任，你搜索過全屋，未曾得到什麼，但是後來，你在死人旁蹲了下來，蹲了很久，你自然是找到什麼了，快點拿出來吧。」

高翔心中暗嘆了一聲，那不是普通的敵人，自從他決定和自己幾個人為敵以來，他一直佔著上風，而自己卻一直處在下風中！

他並不照那人的吩咐去做，只是問道：「你是誰？秀珍給你弄到什麼地方去了？」

那人笑了起來，他的笑聲十分得意。

高翔想趁他在大笑時疾轉身去，但是高翔的身子才略動了一動，那人便立時止住了笑聲，大聲喝道：「別動！除非你想嘗嘗子彈的滋味！」

高翔又苦笑了一下，那人道：「我沒有將穆秀珍怎樣，你還記得我兩次的電話警告麼？她消失了，消失在空氣之中了！」

高翔吸了一口氣，他在迅速地轉著念頭。

現在，他正處於極度下風，他有什麼法子，可以扭轉眼前的處境呢？

在高翔呆立不出聲間，那人又已道：「你是瞞不過我的，我也猜到何保這人十分狡猾，可能他在電話中認出了我的聲音，知道我是什麼人，會留下什麼線索。本來，在解決了他之後，我便準備在他的身上好好地找一找的，現在你代我找到了，我應該謝謝你才是，快拿出來吧！」

高翔嘆了一聲，道：「你真厲害！」

那人又得意地笑了起來，道：「多承嘉獎。」

高翔伸手在腰際，拉出了一串鑰匙來，那串鑰匙，是連在一條鏈上的，而那鏈子的一端，是一個小小的金屬球。

高翔將那串鑰匙放在桌上，道：「你說得不錯，我是找到了一些東西。」

「是這串鑰匙？」

「不是，是一粒鈕扣，那鈕扣中，藏著一卷細小的錄音帶，我已收在鑰匙扣的那個金屬球之中了，你得到了那錄音帶，我相信我們的任何線索都斷了！」

那人笑著，高翔再次看到那隻手伸過來，將那串鑰匙取了過去。然後，又聽得那人道：「高先生，還有你，也是木蘭花的線索！」

高翔的身子陡地一震，道：「你……」

「是的，我要殺死你，高主任，你死了之後，木蘭花就再難以找到新的線索，她也就永遠難以解開穆秀珍失蹤之謎了。」

高翔聽得那人那樣說，只覺得他自己的背脊之上有一股冷汗，像是在蠕動著的蟲兒一樣，用牠冰冷的足，在牠的背上爬動著。

但是，高翔的聲音，這時卻出奇地鎮定，他甚至聳了聳肩，道：「我上了你的當，早知你那樣，我就不將那錄音帶交給你了！」

那人哈哈地笑了起來，就在那人笑了幾下的一剎那間，突然傳來了一下爆炸聲，和那人的一下驚呼聲，而高翔也疾轉身子來！

高翔一轉過身來，就看到那人的左手鮮血淋淋，他的右手正托住了左腕，也顧不得用槍指住高翔，正在狼狽向後退去。

這一切，對高翔來說，並不意外！

高翔在離開之前，將那一卷細小的錄音帶放在他的金屬煙盒之中，而當那人威脅著要他拿出找到的東西之際，他卻取出了那串鑰匙來。

他說，他將那卷細小的錄音帶放進那金屬球之中了！但事實上，附在他鑰匙鏈上的那金屬球，看來像是裝飾品，實際上，卻是一枚製作得十分精巧的小型計時炸彈，按下其中一個突起的部分，便會在兩分鐘之內發生爆炸！

當然，爆炸的威力不是太強，但是如果是在敵人猝不及防的情形之下發生爆炸，那麼，也足以令得高翔扭轉局勢了！

這時的情形，就是那樣！

突如其來的爆炸，令得那人的左手受了傷，高翔疾轉過身來，那人立時揚起槍，想向高翔發射，但是高翔的行動卻比他更快！

高翔一轉過身，整個人都飛向上跳了起來，雙足直踢向那人的臉上，那人的身子向後疾仰跌了下去，手槍也跌到了地上。

高翔的身子一挺，又躍跳了起來。那人也掙扎著想要爬起來，高翔如何還肯讓他走脫？立時縱起身，疾撲了過去！

但是，就在高翔的身子才一竄起之際，槍聲響了！槍聲是從對面窗中傳過來的，高翔只覺得左肩突然一陣熱辣辣地疼痛！

那一陣疼痛，令得高翔在撲出的中途跌了下來。

一跌在地上，高翔立時打滾，直滾到了那柄手槍之旁。

高翔一伸手，抓了槍在手中，然而此時，那人已經奪門而出了。

高翔也不顧肩頭上的疼痛，連忙跳了起來，追出門去。可是，他身子才一站起，槍聲再度響起，高翔忙又滾跌在地。

那一槍並未曾射中他，但是高翔卻也無法跳起身來，他只得以肘在地，向外爬了出去，在他爬出了門口之際，他看到走廊中已有不少人好奇地在張望著，那些人顯然是聽到了突如其來的槍聲之後趕到的。

高翔揮著手，叫道：「快去報警！」

他肩頭上中了一槍，這時血已將他的肩頭染得通紅，他一出了門，還是掙扎著站了起來，向十樓C座的大門口衝去。

他衝到了門口，向鎖著的大門連射了兩槍，立時又閃過身，等待屋中的人出來，可是他卻聽得有人道：「這裡面兩個人剛才已走了！」

高翔忙問：「是由電梯走的？」

「不是，」大廈中的住客爭著回答：「是走樓梯下去的，他們有槍，凶神惡煞一樣，我們也不知他們是什麼路數，不敢攔截他們。」

高翔喘著氣，他感到自己已難以支持下去了，他像是喝了過量的酒一樣，跌跌撞撞，向前走著，但是他還未曾來到樓梯口，便已跌倒在地！

聚集在走廊中的那些人，其實也不知道高翔是什麼路數，高翔的手中也握著槍，他們看到了高翔滾跌在地上，也不敢過來扶他。

但是，不到五分鐘，五六個警員已經衝了上來。

那五六個警員絕想不到會在這裡看到高翔，而且高翔還受了傷，他們連忙扶起了高翔，一個警官接著道：「快召救護車，快！」

高翔喘著氣，道：「慢著，先通知附近幾處一切巡邏車，注意一個約莫四十五歲，五呎九吋高，頭髮花白的中年人。這人的左手受了嚴重的炸傷，通知全市所有的醫院、醫生、醫務所，有左手炸傷的人來求治，立時通知警方！」

「是！」那警官答應著，扶高翔進了電梯。

等到高翔到了樓下時，救護車也早到了。

高翔在登上救護車之前，又吩咐道：「通知木蘭花，我已得了極重要的線索，我的傷勢不十分重，在包紮之後就可以出院，我們在警局會面。」

那警官又答應著。

高翔在兩位警員的扶持下上了救護車，疾馳而去。

當安妮接到警官的電話之際，已是上午八時了。那是一個罕見的好艷陽天，陽光照進了屋子，造成許多悅目的怪影。

但是，安妮的心情卻灰暗得難以形容。

木蘭花走了，安妮也不知道她去了何處，安妮一直守在電話旁，電話也未曾響過，安妮好幾次想打電話給雲五風，但卻全忍住了。

直到那警官的電話來到，傳達了高翔的話，一聽得高翔說已得到了重要的線索，安妮的心情才開朗了許多，那是一個十分重要的消息，自然非立時通知木蘭花不可，是以她取過了那具小型的無線電波發射儀，接連按動了幾十下。

然後，她又打電話到醫院去，醫院方面回覆說，高翔正在動手術，取出體內的子彈，高翔中槍的地方雖然不會致命，但是失血過多，他需要休養。

安妮堅持要和高翔通話，但因為高翔在手術室中，所以安妮的要求遭到了醫院方面的拒絕，安妮只得放下了電話。

安妮想，木蘭花在收到了自己的信號之後，一定會和自己聯絡的，於是她焦急地等著，可是時間慢慢地過去，卻得不到木蘭花的電話。

安妮不斷地按著無線電波發射儀的那個鈕，但是時間又過了半小時，木蘭花仍然沒有電話來。

直到四十分鐘之後，電話聲才突然響了起來。

安妮忙拿起了電話，可是，她聽到的卻是高翔十分疲乏的聲音，安妮忙問道：

「高翔哥哥，你的傷勢怎樣了？不礙事麼？」

「不礙事，請蘭花講話。」

「蘭花姐早已出去了！」

「出去了？」高翔一呆，「到哪裡去了？」

「我也不知道，她給了我一個發射無線電波的儀器，說是有要緊的事便通知她，我第一次接到你受傷的電話，就通知她了。」

「她……一直沒有消息？」

「是的。」

「唔……」高翔的心向下一沉，「你仍在家等著，如果她有電話來，請她立即到警局，我在辦公室裡，我已有了重大的發現。」

「高翔哥哥，你說蘭花姐她會不會有什麼意外？」

「這很難說，再見，安妮。」高翔不想和安妮多說下去，因為他急於回警局去，去聽那卷錄音帶之中，何保留下了什麼重要的話。

他說了「再見」之後，立時放下了電話。

這時，他才從手術室中出來，他還是坐在一張輪椅上的，他的臉色十分蒼白，一位醫生站在他的身邊，和一位高級警官在交談著。

「他是絕對不適宜出院的！」醫生大聲說。

高級警官立時向高翔望來。但是高翔卻像是未曾聽到醫生的話一樣，站了起來，有點暴躁地道：「快拿我的衣服來，我要回警局去！」

他在進手術室時，需要換去身上所有的衣服，他將衣服交給了兩個警員保管，這時，那兩位警員忙提著一隻箱子，走了過來。

高翔走進了一間病房，他首先取出那只煙盒來，看到那卷細小的錄音帶還在，他便放了心，在警員的幫助下，他穿好了衣服。

然後，一個警員扶著他走了出來，大批警方人員衛護著他，出了醫院，風馳電掣般，回到了警局，木蘭花卻還沒有來。

5 第三個消失者

一看到木蘭花還沒有來，高翔的心向下一沉。

他，木蘭花，穆秀珍三個人，在多少次危難的事情中，總是站在一起的，除了他們三個人之外，還有一個雲四風。

可是，這次的事情，卻多少有點不同。

首先是變故一發生，穆秀珍就神秘地失了蹤！而雲四風受了極大的刺激，又非靜養不可，如今，他自己也受了槍傷，而如果木蘭花再有什麼意外的話……高翔苦笑了一下，他實是不敢再想下去！

他進了自己的辦公室，拉開了一隻抽屜，取出了一具小型錄音機來，將那卷錄音帶小心地放了進去，然後，按下了鈕掣。

錄音盤轉動了起來，開始是一陣「沙沙」聲，接著，便聽到了何保的聲音，高翔聚精會神地在聽著。

當超小型錄音機中有聲音傳出來時，那毫無疑問是何保的聲音。

高翔一聽到了何保的聲音，他也突然緊張了起來。

何保的聲音十分急促，顯見那卷細小的錄音帶，是他在倉卒之間完成的，他也無暇去修飾，他一開始就說道：「如果我死了，殺我的是姚雄，我認得出他的聲音，他和我在曼谷一起從事過不法勾當，他要對付穆秀珍，姚雄是凶手！」

錄音帶上至少重複了十餘次「姚雄是凶手」，然後，就沒有什麼別的聲音了。

當高翔第一次聽到「姚雄」這個名字的時候，他就吃了一驚。

姚雄，是東南亞最大的犯罪組織中的重要人物，這個組織的首腦，就是有「泰國鬥魚」之稱的貝泰，姚雄是他得力的助手。

木蘭花、高翔、穆秀珍三人曾合力對付過貝泰和貝泰的情婦，那次驚險的鬥爭過程中，始終未見姚雄露面，事後，高翔才獲得情報，知道姚雄當時是在菲律賓的幾個小島上活動，正在販賣大量的槍枝，供給盤據在那些海島上的海盜。

高翔曾將姚雄的資料知會過國際警方，據國際警方的情報說，姚雄在回到泰國之後，曾在曼谷一家高級酒店中露過一面。但是自此之後，便再也沒有他的消息了。

泰國鬥魚凶狠、殘忍，但是若論機智、狡猾，姚雄卻遠在泰國鬥魚之上，其後，木蘭花等人又對付了泰國鬥魚的情婦吉蒂，他們也在時時提防姚雄會和他們過不去，但是不論從哪一方面，都得不到姚雄的消息，像是他已突然消失了一樣！

直到此際高翔在錄音帶中，才又聽到有人提起姚雄這個名字，這個狡猾的歹徒的名字，令得高翔不由自主深深地吸了一口氣！

但是高翔卻也有一點自豪感，因為姚雄雖然狡猾，但是也中了他的計，他已用小型的計時炸彈，炸傷了姚雄的左手！

高翔對那卷超小型錄音帶本來是寄以很大希望的，但是何保除了說出整件事是姚雄在暗中策劃主持之外，並沒有進一步說明什麼。

高翔將錄音帶翻來覆去播放了兩遍，拿起電話來，撥了木蘭花家中的號碼，他想問安妮，有沒有木蘭花行蹤的消息。

如果木蘭花還是沒有消息的話，那麼事情就很令人焦急了。

在高翔撥電話的時候，他的心情就已經十分沉重，而等到電話鈴足足響了兩分鐘仍然沒有人接聽時，他更是大為吃驚，他叫進了他的秘書，道：「你繼續打這電話，直到有人接聽為止！」

他匆匆出了辦公室，登上了跑車，疾駛而去。

高翔在二十分鐘後，就趕到了木蘭花家中，當他推門走進大廳的時候，電話鈴還在響著，高翔拿起電話來，聽到了他秘書的聲音。

他吩咐道：「沒有事了！」

他話一說完，就放下了電話，客廳中很正常，但是卻一個人也沒有，安妮不在，她的輪椅也不在，高翔大聲叫了起來。

他一面叫，一面迅速地在每一間房間中找著，但是五分鐘之後，他就肯定，安妮並不在屋子中！

安妮到哪裡去了？木蘭花又在哪裡？

高翔的心直向下沉。

當他又回到客廳的時候，電話鈴又響了。

高翔一拿起電話來，就聽到了那個熟悉的，帶著幾分陰森意味的聲音，道：「高主任，你一定在尋找安妮，是不是？」

高翔一聽到那聲音，便震動了一下。然後，他耐著性子等對方講完，才道：「是的，姚雄。」

他在突然之間叫出了對方的名字，雖然高翔絕看不到對方的表情，但是他卻也聽到對方發出了一下奇異的聲響來，對方顯然吃了一驚。

高翔冷笑了一聲，道：「姚雄，你的身分已經暴露了，或許你還以為你十分安全？現在，你要對我講些什麼，可以說了！」

姚雄沉默了片刻，才冷笑了一聲，道：「你知道了我的名字，那不算什麼，我要告訴你的是，繼穆秀珍之後，安妮也消失了。」

高翔雖然知道對方是誰，但是在如今這樣的情形下，他卻一點也不能將姚雄怎樣，他只是沉聲問道：「你想要怎樣？」

姚雄「哈哈」笑了起來，道：「先是穆秀珍，然後是安妮，接下來是木蘭花，然後是你，高主任，我要令你們四個人，全在世界上消失無蹤！」

姚雄講到這裡，突然住了口，接著，便是「卡」地一聲，他已放下了電話，高翔仍握著電話，發了好一會兒呆，才坐了下來。

他心中實在亂得可以，因為他全然不知道姚雄的計劃是怎樣的，他也不知道安妮和穆秀珍兩人究竟怎麼了，他甚至不知木蘭花在什麼地方！

木蘭花到哪裡去了？如果木蘭花也如姚雄所說的那樣，「消失」了的話，那麼，他便變得要獨力來和姚雄周旋了，他實在沒有鬥得過姚雄的把握。

高翔坐在沙發上，捧著頭，他知道他自己必須開始行動，時間對他來說，極其重要，但是他卻一籌莫展，因為他根本不知道如何開始才好！

木蘭花離開家中的時候，心情也是十分沉重的。

因為那時，穆秀珍的失蹤已成了事實，而她卻一點頭緒也沒有。

她心中打算再到碼頭去，事情是在「兄弟姐妹號」上發生的，要追尋線索，自然只有再到那艘遊艇上去看個究竟。

木蘭花來到了碼頭附近，工程人員正在修理被撞壞了的木架，「兄弟姐妹號」已被拉開，泊在一邊，並沒有人特別看守。

木蘭花上了遊艇，她先到了雲四風和穆秀珍的蜜月房中看了半晌，房中的一切都很正常，那襲藍色的睡袍，也仍在床上。

事情自然是突然發生的，穆秀珍一定來不及抵抗，因為房間中一點發生掙扎的痕跡也沒有，木蘭花盡量假設著當時可能發生的事。

根據雲四風的說法，雲四風當時是到駕駛艙去了，只有穆秀珍一個人在房間中，房門可能只是虛掩著，而穆秀珍一定是背對著門的。因為那襲睡袍攤在床上，穆秀珍一定俯身在看著睡袍，房中雖然鋪著地毯，但是以穆秀珍的機智而論，有人進來，她仍然可以知道的。

但是，穆秀珍一定未曾轉過身來，她自然是以為走進來的是雲四風，那樣的話，自門中掩進來的人，就可以輕而易舉地到她的背後。

在穆秀珍不經意的情形下，她可能受了麻醉，而對方的行動又十分迅速，立時將之拉了出去，所以，她便不在艙房中了。

但是，當時遊艇正在茫茫大海之中，據雲四風說，他在駕駛艙中並沒有停留多久，回來就不見了穆秀珍，接著，他便四處尋找了。

那麼，穆秀珍在被擄劫之後，一定是立即離開了遊艇的，雲四風又力稱沒有船隻接近過「兄弟姐妹號」，這究竟是怎麼一回事？

木蘭花迅速地轉著念，突然之間，她心中陡地一動，在她的腦中疾閃過了兩個字：潛艇！對方一定是利用潛艇來跟蹤行事的。

她連忙到了駕駛艙中，由密碼按鈕，令得引擎轉動，檢查著一切設備，她立即證實了她的推測是正確的，因為「兄弟姐妹號」的水底警報系統損壞了！

而當進一步檢查損壞的程度時，她更可以肯定，那是遭受破壞的結果！木蘭花想到自己不虛此行，因為她「打破了所謂「消失」之謎。

好端端的一個人，自然是不會「消失」的，穆秀珍的失蹤，只不過是一項處心積慮的陰謀付諸實行的結果。

木蘭花甚至已知道對方的全部行事過程了，對方第一步，是在何保那裡知道，婚禮之後，雲四風和穆秀珍會利用「兄弟姐妹號」去度蜜月！

於是，他們就先破壞了「兄弟姐妹號」的水底警報系統，再利用潛艇跟蹤，使得雲四風和穆秀珍以為大海之中只有他們兩個人！然後，他們才可以從容行事。

他們只消令潛艇在「兄弟姐妹號」之旁露出少許來，就可以派人偷上「兄弟姐妹號」，將人劫走了。

木蘭花雖然已料到了對方全部的行事過程，但是她對穆秀珍的安危卻一點也不樂觀，敵人的目的，只是要消滅自己幾個人，穆秀珍有可能一落到敵人手中，便遭了毒手！

木蘭花雖然是一個對任何打擊都可以泰然置之的人，但是對於這一點，她仍是連想也不敢想。

木蘭花走出了駕駛艙，來到了甲板上。海風拂著她的臉，令得她覺得十分清醒，她一步步地假想下去！

對方既然是利用潛艇行事的，那艘潛艇一定是小型的，不然就不可能行起事來如此神不知鬼不覺，那麼，這艘潛艇現在在什麼地方？只要找到了潛艇，一切問題都迎刃而解了！

那艘潛艇，自然不會停在近岸的地方，它可能在公海中，而且，它也不敢輕易露出水面來，如果那兩個假設成立，那便容易得多！

因為「兄弟姐妹號」上，有著極完善的聲波回探設備，可以探知周圍一千五百公呎海中的不同物質，當它潛行的時候，它等於四面八方都有「眼睛」，而「眼睛」又可以看到一千五百公呎遠，雖然要找到那潛艇仍不是易事，但總不是不可能的了！

木蘭花一想及這一點，立時回到了駕駛艙中，將「兄弟姐妹號」緩緩向外駛去，當駛到離岸相當遠的時候，她先是加快了速度，然後，她連續地扳下了好幾個操縱桿，「兄弟姐妹號」立時被一層金屬的外殼包上，而且，開始向下潛去。

木蘭花知道不必潛得太深，她立時按下了掣，令聲波回探設備開始工作，聲波回探器發出「的的」的聲響，那是海中岩石的反應聲。而如果放射出去的聲波，在水中遇到了金屬，那麼，儀器就會發出輕微的「啪啪」的聲響來示警的。

木蘭花又令得水中的電視攝像管開始工作，電視的螢光幕中，出現海中的情形來，由於潛水不是太深，木蘭花又伸起了潛望鏡。

因為敵人的潛艇不一定在水中，也有可能停在水面，更大的可能，是停在荒島的隱蔽海灣之中，所以水面上的搜索也不可放棄。

當安妮接到了高翔受傷後打來的電話，開始按動木蘭花給她的無線電訊，通知木蘭花之際，木蘭花恰好在潛望鏡中看到了那艘潛艇。

如果不是木蘭花剛好在那時看到了那艘潛艇，則木蘭花一接到安妮的信號之後，一定會立即回去的，那麼，以後的事情便會大不相同了。

至少，以後發生在安妮身上的事會不同。

但那時，木蘭花看到了那艘潛艇，她的心中既興奮又緊張。她固然知道，如果不是有重要的事，安妮是不會拍信號給她的。但是在她來說，還有什麼比發現那艘潛艇，更來得重要的呢？

那艘潛艇，本來是她想像、假設出來的，但現在卻實實在在在她的面前，那證明她的假設是完全正確的！

那潛艇大約在六分之一哩外，傍著一個很小的荒島，潛艇浮在水面。整個潛艇都漆著灰色，沒有任何國籍的標誌。從潛艇的形式來看，那自然是二次世界大戰時的遺物。

在潛艇之旁，有一艘小快艇停著，但是卻看不到有人。木蘭花減慢了速度，慢慢地逼近那潛艇，在那樣的情形下，她自然不會理會安妮的信號了。

她將「兄弟姐妹號」駛到了離那潛艇只有兩三丈處，然後，收起了潛望鏡向下沉，沉到了一百呎深處，將「兄弟姐妹號」隱藏在海草之中。

她換上了潛水衣，從緊急逃生門中，利用機械裝置彈了出來，當她像魚一樣在水中游著的時候，她已可以看到潛艇灰色的底部。

木蘭花慢慢地接近那潛艇，手按在潛艇的底部，身子向上部浮著，直到她的頭部露出了水面，她才一露出水面，就看到潛艇的出口處，有人鑽了出來。

木蘭花忙又沉到了水中，她取出了一個耳塞，塞在耳中，拉出一條線來，令一個小小的圓球露出水面，浮在水面之上。那樣，雖然她身在水中，但也可以聽到水面上的任何聲音。她立即聽得一個人道：「怎麼一回事？他怎會受傷的？」

另一個道：「誰知道，他受了傷，一定更加暴躁，你見了他，千萬別在他的面前問他是怎麼受傷的，不然你可得糟糕。」

那一個說道：「我才不問呢，將他接回來就算了！」

接著，木蘭花便聽到了那小快艇馬達發動的聲音。

木蘭花又浮了起來，收起了耳塞，她看到那小艇已去遠了。

從那兩人的交談之中，木蘭花知道敵人之中，有一個受了傷。

那受傷的，一定是一個地位十分高的重要人物，操生死予奪之權，不然，那兩人中的一個，便不會用那樣的話來警告他的同伴了。

潛艇中出來了兩個人，去接那傷者了，當然潛艇中還有別人，如果穆秀珍就在潛艇中的話，那麼，敵人會派人看守她的。

但是那潛艇不大，至多只能容下六、七個人，就算潛艇中有人，也一定不會太多的了，木蘭花迅速地想著，又爬上了潛艇。

她來到了潛艇的入口處，然後，用力敲打著甲板，發出「砰砰」的聲響來，不到半分鐘，她就聽得裡面有人罵了一聲，道：「什麼事？」

木蘭花站起了身子，但是她還是用腳踢著，發出的聲響更大，只聽得那人罵得更大聲，而且，立即有一個人自出口鑽了出來。

那人的頭才露出來，木蘭花便向之疾閃了過去，手臂一伸，勾住了他的頭頸，緊跟著身形一矮，將那人從潛艇中直拋了出來。

那人發出了一下沉悶的哼聲，他根本沒有機會出聲大叫，因為一到了潛艇的甲板上，木蘭花的右手立時叉住了他的頸際。

同時木蘭花自腰際抽出一柄十分鋒利的小刀來，貼在那人的頸際，鋒利冰涼的刀鋒，令得那人震了一震，木蘭花低聲道：「如果你大叫，你該知道有什麼後果！」

那人連連點頭，表示明白。

這時，潛艇中又有人大聲叫道：「嗨，阿發，剛才乒乒乓乓的，是什麼聲音？」

木蘭花道：「告訴他是一條大魚，跳上甲板來了。」

木蘭花鬆開了手，那人叫道：「是一條大魚，跳上甲板來了。」

潛艇中那人「哈哈」笑了起來，道：「哪有這樣的事，你偷喝了多少酒？」

木蘭花道：「你叫他不妨出來看看。」

在鋒利的刀口之下，那人不敢不從，照叫了一遍。

木蘭花拉著那人退開了一步，將那人按在甲板下，用腳踏住了那人的頸，不一會兒，只見潛艇的出口處，又有一個人鑽了出來。

那人一探頭出來，木蘭花便一掌擊在他的後頸，那人身子向前一仆，木蘭花緊接著提著他肩頭的衣服，將他直提了出來。

當木蘭花將那人提出來之際，她腳下一用力，被她踏住了頭頸的那人，舌頭伸了出來，雙手用力托著木蘭花的腳底，發出了可怕的呻吟聲來。

木蘭花將那人提了出來之後，又在他的後腦加了一掌，然後，任由他像死魚一樣地躺在甲板上，被她踏住的那人，直到此際，才鬆了一口氣。

木蘭花蹲下身子道：「潛艇中還有什麼人？」

那人轉過頭，向被木蘭花擊昏過去的同伴看了一眼，面青唇白，道：「沒有了……就是我們四個人……兩個剛才離去，現在就是兩個……你……是女黑俠木蘭花？」

他在講到「女黑俠木蘭花」六個字之際，聲音也不禁在發顫。

木蘭花道：「是的，我是木蘭花。」

那人雙手亂搖，道：「蘭花小姐，我……我不會反抗的，我……一定聽你的話……我……你叫我做什麼，我便做什麼！」

那人的身形十分魁梧，可是這時他哭喪著臉，苦苦地哀求著木蘭花的樣子，卻像是一頭癩皮狗一樣。

木蘭花道：「那麼，你先告訴我，穆秀珍在哪裡？」

那人呆了一呆，道：「穆秀珍？」

木蘭花怒道：「做什麼，你是第一次聽到這名字麼？」

那人道：「當然不是……但是……我卻不知道她在什麼地方……蘭花小姐，我……怎麼會知道穆秀珍……她在什麼地方？」

木蘭花將那柄鋒利的小刀，在那人的臉上輕輕來回刮了兩下，刀鋒過處，那人耳際的短髮「刷刷」地落了下來。

那人的身子簌簌地顫抖著，道：「我真的不知道！」

木蘭花道：「你一定知道的，你們是不是跟蹤過一艘遊艇，劫過一個女子下來？那就是穆秀珍了，你怎會不知道？」

那人口張得老大，道：「是，是，你說得對，那是昨天晚上的事，我知道那是一個人，但不知道那是什麼人，更不知道那是穆秀珍。」

「行了，那個被劫的人在那裡？」

「我不知道，一劫到了之後，潛艇就駛向岸，他們將那人用布包著，帶上岸去，我不知道帶往何處，我真的不知道！」

木蘭花深深地吸了一口氣，穆秀珍不在這艘潛艇上，那是出乎她的意料之外的，看來計劃主持這事的人，十分精明。

他們擄劫到了穆秀珍之後，不將她留在潛艇上，自然是因為潛艇容易被發現之故，他們一定將穆秀珍藏到市區中去了。

在一個有著過百萬居民的大城市中，要去找一個人，那自然是極其困難的一件事，但是木蘭花卻保持著鎮定，因為她知道現在她已漸漸接近事情的真相了。

她沉聲問道：「你們一共是幾個人？」

「一共……是六個。」

「剛才你說『他們將那人帶上岸去』，『他們』是指什麼人而言？」木蘭花的話說得十分緩慢，但自有一股懾人的力量。

「是首領，和小黑豹。」那人回答。

一聽到了「小黑豹」三字，木蘭花的心頭也陡地一震，道：「那麼說來，你們的首領，是從曼谷來的姚雄了，嗯？」

「是的，是他。」

木蘭花在剎那間，不知轉了多少念頭！

她已經知道，她的敵人，原來就是那最狡猾的犯罪分子姚雄！

難怪這件事在事先計劃得如此周詳，而在事後，又幾乎絕無線索可尋！那的確是一個第一流罪犯的傑作！

木蘭花又道：「我知道有人受了傷，受傷的是什麼人？是姚雄？」

「是的，他用無線電話聯絡，說他受了傷，派兩個人先接他回來，他和小黑豹一起去殺一個人，他說殺了那個人之後，事情就圓滿了！」

「何保！」木蘭花立即想到了姚雄和那個綽號叫作小黑豹的職業凶手要殺的是什麼人了，她再問：「姚雄要回到潛艇來？」

「是的，他會回來。」

木蘭花後退了一步，道：「將他抬回潛艇去，你自己也進去，如果你想反抗，別以為我手中的刀子，只是用來裝裝樣子的！」

那人忙道：「是！是！我知道！」

他走過去，負起那昏了過去的人，從艙口落了下去，木蘭花等他落下去之後，看到他退了開去，才一躍而下，到了那人面前，道：「還是要委屈你一下！」

她一面說，一面手一揚，已然扳動了槍機，自小巧的手槍中射出來的麻醉針，令得那人在幾秒鐘之內便昏了過去。

木蘭花在另一個早已昏迷的人身上也射了一針，然後將他們兩人一齊拖進了一間艙房之中，關上了艙門。

她不知道自己還有多少時間，所以她的行動必須迅速，她用了十分鐘，迅速地搜尋了一下那艘潛艇的每一個空間。

那人說得不錯，潛艇上除了他們兩人之外，並沒有別人，穆秀珍並不在潛艇上。然後，木蘭花就在一處她認為最適當的地方，躲了起來。

那地方，是進入潛艇艙口的那只鋼梯的後面。

從潛艇上面下來的人，一定要攀下那只鋼梯，那麼木蘭花就可以輕易對付他們了。

木蘭花已知道她將會遇到四個敵人。四個人是：首領姚雄，職業凶手小黑豹，和兩個水手。在如今這樣的情形下，最難對付的，自然是那個凶殘的職業凶手小黑豹了。

所以，木蘭花希望是他最先下來，先對付他，那就比較容易得多了。

過來。

木蘭花站立著不動，她等了約有半小時，便聽到快艇的馬達聲，自遠而近傳了

馬達聲越來越近，一直傳到了潛艇之旁才停止。木蘭花已可以聽到那幾個人的講話聲了，一個人道：「首領，你流血不止——」

那個人的話還未曾講完，便被一個充滿怒意的低沉聲音打斷了話頭，木蘭花一聽到那聲音，就認出和那兩次怪電話的聲音相同。那自然就是姚雄了。

只聽得姚雄怒喝道：「閉上你的烏鴉嘴，我流血干你什麼事？你再多口，小心我叫你流血不止，快下去，替我準備急救！」

那人捱了罵，一聲也不敢出。接著，便是有人踏上了潛艇甲板的聲音，已有人從艙口中攀下來了，木蘭花多少有些失望，因為第一個下來的不會是小黑豹。

那人急急忙忙地攀了下來。木蘭花的槍已舉了起來，但是她並不立時發射，直到那人完全攀了下來，等到那人完全攀了下來之後，他和木蘭花之間，就只隔著一只鋼梯，而鋼梯是難以阻隔視線的，是以他等於和木蘭花面對面地站立著。

當那人看到自己的面前，突然站著一個十分美麗的女郎之際，他面上神情之錯愕，實在是難以形容的。

他張大了口，但是他卻沒有機會出聲，因為木蘭花已扳動了槍機，麻醉針射在

他頸際的大動脈上，他向後退出了一步，向下倒去。

那時，第二個下來的人，正下到一半，聽到了有人倒地的聲響，問道：「什麼事？怎麼那麼不小心？」

他一面也迅速地向下攀來，等到他完全落了下來之後，他的遭遇和剛才那人一樣，木蘭花立時緊張地等待著小黑豹和姚雄下來。

可是，她卻聽得姚雄叫道：「下面有意外了，快蓋上艙蓋！」接著，便是「砰」地一聲響，艙蓋已被蓋上。

姚雄果然機智過人，兩個人接連被木蘭花對付了，雖然沒有發出多少異樣的聲音來，但還是使姚雄有了警覺，知道事情不妙了！

艙蓋一蓋上，木蘭花立時轉過來，迅速地向上攀去，她知道艙蓋只能在裡面旋緊，在外面的人，只不過是將艙蓋蓋上而已，她一攀上鋼梯就可以輕而易舉將之頂開來！

木蘭花自然知道，在外面的姚雄和小黑豹兩人，既然已知道潛艇中有了變故，當然已在小心戒備，她頂開艙蓋，是不是能衝出去，還有疑問，就算能衝出去，那也一定是十分危險的一件事，但是她還是非向外衝出去不可，因為她不能讓姚雄和小黑豹兩人逃走！

由於變故實在發生太突然了，木蘭花想到艙蓋一蓋上，姚雄和小黑豹便可以跳上小快艇逃走，只要一被他們上了快艇，她就無法追得上了，所以在剎那間，她根本不及考慮其他，只想快一點攀上鋼梯去，頂開槍蓋，阻止他們離去。

在這一點上，木蘭花實在是犯了一個極大的錯誤。而且，木蘭花的這個錯誤所招致的惡果，幾乎是立即來到的，就在她攀到一半之際，剛才「砰」地一聲關上的艙蓋又被打了開來！

木蘭花只覺得眼前突然一亮，她已經知道不妙，想要立時雙手鬆開，向下跳去時，形勢卻已經不許可她那樣做了！

艙蓋一打開，一柄來福槍便自艙口伸了進來。

同時，她聽到一個像是豺狼嗥叫也似，極其難聽的聲音喝道：「別動，小姐，一動也別動，潛艇太小了，你絕沒有逃走的機會！」

木蘭花將頭仰高些，她看到了一張十分醜陋，膚色極黑的一張臉，那是一個嗜殺成狂的凶漢的臉，看了令人心悸！

那便是小黑豹！

木蘭花的手中仍握著那柄可以發射麻醉針的槍，但是她卻無法和對方在時間上競爭，小黑豹在中了麻醉針後，至少可以有兩秒鐘時間。而他去扳動他手中的槍扣，卻只要十分之一秒就夠了，正如他所說，潛艇實在太小了，小得木蘭花根本沒有躲避的餘地！

就在這時，木蘭花又聽到了姚雄的聲音，道：「是一位小姐？讓我來看看，我們的嘉賓是什麼人，不會是木蘭花小姐吧？」

接著，艙口處又有一個人探頭向下看來。

那是一個樣子十分普通的中年人，普通到沒有什麼人會去注意他。但如果仔細觀察的話，可以看到他的雙眼之中，充滿了奸詐險惡的神色。

當那一雙惡毒的眼睛看到了木蘭花之際，姚雄哈哈地笑了起來，道：「好，真好，果然是木蘭花小姐，那實在太好了！」

木蘭花冷冷地道：「你不必太歡喜，我不會是好客人！」

「但現在必須是聽話的好客人，拋下你手中的槍，回潛艇中去，聽我的命令，你是自己送上門來的，也是第三個消失者了。」姚雄緩緩地說著，臉上現出十分得意的神情來。

6 大團圓

木蘭花一面向下攀去，拋了槍，一面道：「三個，什麼意思？」

姚雄向小黑豹使了個眼色，小黑豹也向她望了一眼。這時，木蘭花已經到鋼梯之下了，她也知道姚雄和小黑豹有了難題。

現在，小黑豹在艙口，手中持著來福槍，槍口對準了木蘭花，居高臨下，自然是佔著極大的優勢。但是，他們卻必須下來。

他們如果要下來，就一定要爬下鋼梯，而如果要爬下鋼梯，就不能再繼續用來福槍指著木蘭花，他們自然也知道那樣會有什麼後果，所以，姚雄雖然命令木蘭花退回潛艇去，但是他們卻無法下來。

木蘭花看準了他們的弱點，她揚了揚眉道：「姚雄，你為什麼不下來？你的傷勢大概不輕，你的臉色多難看，那大概是失血過多的緣故，對不？」

姚雄的臉色本來就顯得有些蒼白，這時給木蘭花一說，他的臉色自然更難看了。

小黑豹瞪著眼，怒道：「將她一槍結束了！」

姚雄的臉色十分陰沉，木蘭花在保持沉默的一剎間，心中極其緊張，她已經暗中將手放在腰際的一個小型炸彈上。

那小型炸彈，外表看來，只是皮帶上的一個金光閃閃的裝飾品，木蘭花準備，只要姚雄的口中一說出「好」字來，她就立即向上拋出那炸彈，那麼，她至少也可以和對方同歸於盡。

但是，姚雄卻「哼」地一聲，道：「不！」

「為什麼？」小黑豹顯得十分不耐煩。

「我們的手中已有三個人了，我們還要等一個人，等高翔來了，他們就大團圓了，到了那時候，我們再採取行動不遲。」

小黑豹道：「好，可是我們現在怎麼辦？」

姚雄笑了起來，道：「你別急，蘭花小姐，你以為我遇到了難題，無法一面看著你，一面下潛艇來，是不是？但是你別忘了，我有著超人的智力！」

「我知道你智力過人，但現在你有什麼辦法？」木蘭花冷冷地反問。

她的神色看來仍然十分鎮定，但是她的心中卻焦急之極！因為她兩次聽到姚雄提到「三個人」，第一次，她不明白那是什麼意思，還反問了姚雄一下，但現在，她已明白了。

「三個人」，是連她在內，已有三個人落在姚雄的手中，那三個人自然是穆秀珍，她，和安妮，安妮一定也在他的手中了！

由那一點來推測，姚雄的同黨一定不止這裡的五個人，他還有更多的人分佈在市區，不然他們是沒有時間對付安妮的！

木蘭花在迅速地轉著念，她聽到姚雄在好整以暇地說道：「哈，現在這個難題，很有點像一個人要帶狐狸、雞和狗三樣東西過河，而渡船卻又只允許兩次帶兩樣過河這個難題相仿，需要用一點技巧來解決的，對不對？」

木蘭花聽得姚雄用那個人所皆知的難題來比喻，不禁有啼笑皆非之感。

姚雄又道：「小姐，我剛才的命令錯了，我不應該叫你回潛艇去，而應該叫你走出來！」

「走出來！」小黑豹跟著吼叫了起來。

木蘭花吸了一口氣，她無法不聽從對方的命令，是以她又向上攀去，當她快攀到艙口的時候，小黑豹向後退出了一步。

小黑豹雖然向後退去，但是他手中的來福槍，卻還是對準了木蘭花致命的所在。木蘭花自然知道小黑豹是世界上有名的狙擊手之一，但她自然也還未知道，高翔已經在何保的住所，被小黑豹在對面窗中發槍射擊而受了傷。

連高翔自己也不知道的是，以小黑豹的槍法而論，他實在是絕沒有可能在小黑豹的一槍之下逃過性命的。他只是受傷而沒有死，實在是出奇的幸運。

他幸運的是，大廈房子的窗上全部裝有鐵窗花，鐵窗花十分密，那顆子彈在直奔高翔的心臟部位射來之際，在經過窗子之時，在鐵窗花上擦了一下，使得子彈的射擊路線起了些微的改變，是以高翔才只是肩頭上中了槍。

當下，木蘭花出了艙，她看到姚雄是什麼地方受傷了，姚雄的左手用一件白襯衫撕成的布條包紮，但仍不斷有鮮血滲出來。

木蘭花一時之間，倒也不知道姚雄是如何受傷的，而在木蘭花一上了甲板之後，姚雄立時也握了一柄大型的德國軍用手槍在手。

這種大型的德國軍用手槍，很為一些性格凶殘的歹徒所喜愛，因為它的威力十分強大，一射中了人，造成的一定是死亡，而不是受傷！

姚雄看到木蘭花出來，才道：「小黑豹，現在你下去！」

小黑豹猶豫了一下，道：「首領——」

「你先下去，我再令她下來，然後，我再下來，那樣，我們就可以順順利利，一齊進入潛艇中去了，你明白了麼？」

小黑豹嘻著一張闊嘴，笑了起來，道：「我明白了，首領，你真是天才！」

他擔著來福槍，攀進潛艇去。

當木蘭花被姚雄喝令走出潛艇來的時候，木蘭花已明白姚雄的用意了，木蘭花只是不知道姚雄是自己進去，還是令小黑豹先進去而已。

現在，木蘭花自然知道，姚雄命小黑豹先進潛艇去，那自然不是他樂意在甲板上看守木蘭花，而是他怕潛艇中還有和木蘭花一齊來的人！

如果木蘭花有人一齊來，那麼小黑豹先下去，遭殃的自然是小黑豹了！姚雄動了這一點壞心思，卻給木蘭花帶來了極大的機會！

木蘭花早就想到過，所有的人中，最難對付的是小黑豹，因為小黑豹不但槍法奇準，而且身手矯捷，嗜殺成性，在他的監視之下，要反敗為勝，實在不是易事！但是姚雄卻比較容易對付得多，更何況他的一隻手受了傷，看來傷勢著實不輕！

小黑豹還未曾完全走下潛艇，木蘭花便已迅速地轉過念頭來，等到小黑豹在潛艇中大叫了一聲，姚雄喝道：「輪到你了！」時，木蘭花已有了主意。

她來到艙口，姚雄手中的槍口對準了她，木蘭花到了艙口，突然之間，身形一轉，那艙口凸起，約有三呎來高。

木蘭花在身形一轉之後，立時蹲了下來，藉艙口的突起部分遮住了她的身子，同時，她手伸處，「砰」地一聲，將艙蓋蓋上，使已經進入了潛艇中的小黑豹沒有那麼容易出來，而就在木蘭花的身形一閃間，槍聲已然陡地響了起來。

那種大型的軍用手槍所發出的聲響，是震耳欲聾的！木蘭花在潛艇中的時候，失去了她發射麻醉針的手槍，是以她無法用槍還擊，但是她立即摘下了小型炸彈拋了出去。

她這時還沒有殺死姚雄的意思，是以她在拋出炸彈時，並不是向姚雄的身子拋去，而是拋向他身邊的甲板，炸彈才一拋出，「砰砰」兩聲槍響，接著，便是轟地一聲巨響，炸彈已爆炸了，潛艇突然傾側了一下，木蘭花就蹲在甲板上，並沒有可供扶手之處，就在潛艇傾側的一剎間，她跌進了海中。

她不知道炸彈爆炸的結果如何。因為她根本來不及看，人已到了海中，她一到了水中，便向水中迅速沉了下去。

她也立即知道，那一下爆炸，只不過令得她有了脫險的機會，並沒有使得姚雄進一步受傷，因為她即使是在水中，也可以隱約聽到那手槍發出的巨大聲浪，和子彈帶起一股白浪，向水中射來的奇景。木蘭花在水中向外疾游了開去。

事實證明她那樣做法是聰明的，因為幾乎是立即地，在水中，就在潛艇之旁，連續地發生了巨大的爆炸，海水滾流著的聲勢十分驚人。

那自然是小黑豹已從潛艇出來了，正在用手榴彈或是相類似的武器拋向海中，木蘭花如果游開得慢一步，就不堪設想了！

爆炸在水中發生，威力比在空氣中發生更甚。在空氣中發生猛烈的爆炸，空氣因為突然的膨脹鼓動，而造成氣浪，氣浪的力量十分大，往往造成窒息，或者造成過高的壓力，超乎人體所能支持的壓力之上，那麼就形成了致命的內出血。

但是，爆炸在水中發生，情形卻更加嚴重，在水中造成重大的衝力，自然比在空氣中形成的力道更加要大得多！

木蘭花已在水中游了二十碼左右，但是連續的爆炸一發生，她還是身不由主，被湧得向外翻翻滾滾，湧開了老遠。

在那一剎間，她什麼也看不到。等到一切都靜下來，木蘭花才深深地吸了一口含在口中的壓縮氧氣，海水因為爆炸而變得十分混濁，仍是什麼也看不見。

木蘭花自然不會蠢到在這時候浮上水面去看個究竟的，她只是潛得更深，憑藉記憶，尋找著「兄弟姐妹號」停泊的位置。

等到她來到「兄弟姐妹號」之旁時，海水已澄清了許多，木蘭花放眼望去，海水之中，除了一大團被炸斷了根的海草之外，似乎沒有什麼別的東西。

木蘭花仍然從緊急出入口進入「兄弟姐妹號」，她一到了「兄弟姐妹號」之中，第一件事，便是去察看聲波回探器。

從海水已恢復平靜來看，姚雄和小黑豹一定已經離開了。姚雄的手既然受了傷，他也必須醫治，在潛艇上，他是得不到適當醫治的。

木蘭花一進「兄弟姐妹號」，便立時去察看音波回探器的原因，是希望姚雄的潛艇雖然離去，但是還在聲波探測的一千五百公呎範圍之內！

這一次，木蘭花並沒有失望！

她立時聽到了輕微的「啪啪」聲，而且在示蹤屏上，也出現了一個亮綠色的小點，那小點在迅速地向西北方移動。

從距離來看，它幾乎已要超越探測的範圍之外了。

木蘭花一看到這種情形，大大地鬆了一口氣，很好，她已占了上風。事情一開始，她便一直處在極劣的下風之中！

但是現在看來，事情有轉機了！

她不但從姚雄和小黑豹的手中，死裡逃生走了出來，而且，她還可以進一步跟蹤他們了，「兄弟姐妹號」的設備如此優良，要跟蹤一艘二次世界大戰時使用的潛艇，那是毫無困難的事！

木蘭花在控制台前走了出來，開始想一些別的事。

她在想穆秀珍怎麼了？安妮又怎麼了？

剛才，當她身形突然一矮，用艙口的突起部分遮掩了身體，姚雄射不中她時，她是可以輕而易舉，用炸彈將姚雄炸死的！

但是，她卻並沒有那樣做。因為她還不知道穆秀珍和安妮在什麼地方。只有控制了姚雄，才能逼姚雄說出她們在什麼地方……

木蘭花覺得，她雖然開始佔了上風，但是不知道有多少事等著她去做！

她又開始聚精會神地注意示蹤屏。

「兄弟姐妹號」和姚雄的潛艇之間的距離，已漸漸地近了，當木蘭花打開水底電視攝像管時，已經可以看到那艘灰色的潛艇了！

安妮是在家中失蹤的。

她當然不是自己離開家，而是被人擄走的，正確地說，她是被人騙走的。

當她一再按動那無線電通訊儀，而木蘭花仍然沒有訊息之際，她的心中十分著急，不斷向外張望著，她看到一輛汽車在鐵門前停了下來，安妮只當是木蘭花回來了。

她大叫著：「蘭花姐！蘭花姐！」一面叫，一面控制著輪椅向外衝了出去，輪椅在花園中駛過，但當她來到鐵門前，看到從車子中走下來的人時，她卻呆了一呆。

那是一個她不認識的中年婦人。而且安妮也看到，在車中，還有一個紳士模樣的中年人，安妮立時停了下來，手已放在輪椅的扶手上。

她瞪著眼，道：「你們是誰？」

那中年婦人抬頭看了看鐵門旁，在柱上所釘的門牌道：「是這裡了，你們這裡，有一位……嗯……木蘭花小姐？」

「是的。」安妮充滿著疑惑。

經常來找木蘭花的陌生人，不是沒有，但是卻全是有目的而來，多半是有事來找木蘭花的，像那中年婦女那樣，好像根本不知道有木蘭花這個人一樣的，倒是著實少見。

那中年婦女道：「那就是了，你看看這個，這個上面寫著，拾到的人，請送到這個地址，給木蘭花小姐，可獲重酬！」

她說著，打開了挽著的皮包，取出了一隻玻璃瓶來。那是十分普通的玻璃瓶，是扁方形的，玻璃瓶中，好像有一張紙。

安妮還隱約看到，紙上有字寫著。安妮的心怦怦亂跳了起來，連忙打開了鐵門，道：「快給我看看。」

那中年婦人遲疑著，道：「你就是木蘭花？」

安妮道：「我不是，木蘭花是我的……姐姐，那一定是我失蹤的秀珍姐拋出來的求救信號，你們是在什麼地方拾到的？」

「是在一個海灘上。」那中年女人將瓶遞了過去。

安妮接了過來，瓶中的紙對摺著，可以看到的一面，是地址和木蘭花的名字，以及拾到可獲重酬等語，另一面卻只能看到幾個字。

那些字十分潦草，當然是在十分倉卒的情形下寫成的，安妮又看到了「秀珍」兩個字，簡直就是穆秀珍平時的簽名！她迫不及待地打開了瓶塞。

然而，就在她打開瓶塞時，一股異樣的氣味突然衝進了她的鼻端，剎那之間，令得她生出了一股要嘔吐的感覺來！

她直到那時，還不明白究竟發生了什麼事，抬起頭，用疑惑的眼光向那中年婦人望來，只見那中年婦人卻向她笑著。

那似乎只是一秒鐘之間發生的事，她感到那中年婦人的臉忽然在漸漸擴大，變成模糊不清，像是一團散開來的煙霧一樣。

安妮已經知道不妙了，她待要伸手去按鈕掣，使用武器，但是她剛才嗅進去的乃是麻醉性極之強烈的麻醉氣體！她的整個神經系統都受了麻醉氣體的抑制，她的手指已不聽使喚了，她勉力撐持著，才發出了一下低低的呼叫聲。

然後，她就不省人事了。

就在那時候，那中年男子出了車子，道：「你是怎麼一回事？我們的目標是木蘭花，你怎麼去對付這樣一個小女孩？」

中年婦人瞪著眼，剛才她和安妮講話時，好像是一個十分有教養的中年貴婦，但這時卻原形畢露，一開口就粗俗無比。

只聽她罵道：「你知道個屁！木蘭花當然不在，你不聽得她一路叫著木蘭花，一路衝出來的麼？她叫安妮，和木蘭花的關係十分親密！」

中年紳士笑道：「釣不到大魚，卻釣到一條小魚。」

就在這時，屋中的電話鈴突然響了起來，那一男一女面上的神色略變了一變，連忙將安妮連人帶椅，抬上了車子。

然後，他們抬起了落在地上的瓶子，拉好了鐵門，一齊登上汽車，疾駛而去。電話鈴一直在響著，一直到二十分鐘之後，高翔才趕到。

等到高翔趕到的時候，安妮早已不知去向了！

安妮並不知她自己昏迷了多久，等到她漸漸又有了知覺之際，她只覺得出奇地口渴，她想出聲要水喝，但是喉乾得似乎發不出聲音來。

她的頭腦，還是不清醒的。她雖然有了感覺，但唯一的感覺就是口渴，而她所想到的，也只是水，她甚至不明白自己何以會那樣口渴，那樣想喝水的。

在接下來的五分鐘之中，在她的腦中，不知出現了多少幻影，她像是在酷熱的沙漠中沒有了嚮導，又像是在海中飄流著，又餓又渴。

然後，她突然睜開了眼睛。

當她睜開了眼睛之後，她只覺得在她的眼前，來回晃動著無數的色彩，那些色彩全是十分濃艷奪目的，令得她根本不知道自己身在何處！

但這時，她的頭腦卻已清醒了許多，她見到她的手是在一種柔軟的物體之上，而並不是放在她輪椅的扶手之上。那也就是說，她不在輪椅上！

當她一想到了那一點之後，她的心中陡地一驚。

她的那張輪椅，等於已是她生命的一部分，當她發現她自己不在輪椅上時，那種吃驚的程度，和普通人發現他的雙腿突然失去是完全一樣的。

那種極度的吃驚，更令得安妮昏昏沉沉的腦子，在剎那之間變得完全清醒，而她的視覺，也已經完全恢復正常了。

她看到在她前面的，是一塊極大的花玻璃，像是經常被用來鑲嵌在教堂中的那種，那玻璃的顏色，極之艷麗奪目。在那塊玻璃的後面，好像坐著一個人，但是卻看不清楚。

安妮轉頭向兩旁看去，她是在一間佈置得華美的房間之中。

而這時候，她也已進一步弄明白，那塊彩色玻璃，是一扇玻璃屏風，而她也可以肯定，在這張屏風之後，的確是坐著一個人。

安妮口渴的感覺仍然十分之甚，她勉力叫了起來，道：「水，給我水喝！」

她聽到在屏風後面，那人重複了一聲，道：「水！」

立時一扇門打開，一個人推著一架餐車走了進來，放了一大杯水在安妮的面前，安妮立時拿起杯子來，一口氣吞下了大半杯。

在服下了那大半杯水之後，她的神智完全清醒了，她已將昏迷過去的事，完全想了起來，她知道她已落到了敵人的手中。

一想到這一點時，她難免有點心慌。但是她立時記起了木蘭花的話：不論在什麼樣的情形下，都要保持鎮定，是以她緩緩地吸著氣，道：「秀珍姐呢，在什麼地方？」

屏風後的那人道：「她？她消失了！」

安妮冷笑一聲道：「別騙鬼了，我被你們騙到了這裡，你們也可以對別人說，我消失了，但我好好地在這裡！」

屏風後的那人笑了起來，道：「你真聰明，安妮小姐。穆秀珍是在我們這裡，和你一樣，但是我們不準備讓你見她。」

安妮聽得那人這樣說，心中陡地一鬆，穆秀珍雖然落在敵人的手中，但是聽來，她似乎沒有什麼別的意外，那已是令得她高興了。

她攤開了手，道：「你想將我們怎麼樣？」

那人笑了起來，道：「那要等候我的首領進一步的指示。我已經得到的指示是，安妮小姐，要取得你充分的合作。」

安妮的聲音立時變得冰冷：「你在做夢！」

隔著彩色的玻璃屏風，安妮可以看到那人站了起來。接著，那人轉出了屏風，安妮認出他就是在那車中的中年紳士。

他直來到了安妮的面前，瞪著安妮，道：「你非和我合作不可，小妹妹，因為你不和我合作，代價是穆秀珍的死亡！」

安妮的身子震動了一下。

她緊抿著嘴，一聲不出。

那中年人又笑了起來，道：「這很值得你考慮了，是不是？現在，你可是已經願意和我們合作了？你不出聲，算是已默認了！」

安妮迅速地轉著頭，她立時道：「你的威脅是不能起作用的，因為我根本不知道穆秀珍是不是真的在你們的控制之中！」

那中年人一揮手，道：「拿電視機來！」

立時便有一個人，擔著一具小型的手提電視機，來到了面前，那中年人按下了掣，不一會，就可以看到螢光幕上，赫然是穆秀珍！

穆秀珍坐在沙發上，滿面怒容，她所在的那間房間，陳設很華美。不一會，穆秀珍便站了起來，在房中來回走著，顯得不耐煩。

一看到了穆秀珍，安妮便忍不住叫了一聲，道：「秀珍姊！」

但穆秀珍自然聽不到她的叫聲，她仍然來回走著，然後重重地坐倒在沙發上，那中年人道：「怎麼，現在你相信了？」

安妮道：「我還是不相信，那可能是你們早用錄影帶錄下來的，我要和她見面才能相信，你們怕什麼？在你們的巢穴了，讓我們見一面，怕什麼？」

那中年人側著頭，想了一想，道：「好。」

他隨即吩咐道：「將穆秀珍帶來！」

安妮的心頭狂跳，她立時可以和穆秀珍見面了，雖然是在那樣的情形下，但是可以和穆秀珍重逢，總是值得高興的事。

她注視著電視機螢光幕時，看到那個房間的房門被打開，四個大漢持著槍走了進來，穆秀珍正在不斷講話，像是罵他們。

而那四個大漢則在呼喝著，穆秀珍終於在槍口下向外走來，在那四個大漢的押解下，走出了那間房間。

不到兩分鐘，兩個持槍的大漢，先倒退著進來，接著便是穆秀珍的大罵聲，道：「你們這些暗箭傷人的傢伙，又出什麼主意？」

她一面罵著，一面走進了房間。

然後，她突然停住，叫道：「安妮！」

安妮只覺得心中一陣發酸，道：「秀珍姐！」

穆秀珍立時向前走來，但她立時被那幾個大漢喝阻，道：「站住，別動，你們兩人可以有五分鐘會晤，你們有什麼話要說？」

穆秀珍怒道：「胡說，我們又不是犯人，為什麼只能有五分鐘的會晤？」

「穆小姐，你是我的俘虜！」中年紳士大聲回答。

穆秀珍仍待向前走來，那中年紳士一聲大喝，道：「你再不明白，結局就十分悲慘了，穆小姐，別逼我們造成悲慘的結局！」

安妮也忙道：「秀珍姐，你怎樣了？」

穆秀珍道：「我很好，就是一直被他們囚禁著，蘭花姐呢？高翔呢？你怎會被他們捉來的？那究竟是怎麼一回事？」

聽得穆秀珍那樣問，安妮的心中，突然有一種奇異之感，但是她卻根本不及去細想，只是道：「高翔哥哥受了傷，蘭花姐姐不知到哪裡去了？」

穆秀珍道：「安妮放心，我會帶你出去的！」

安妮道：「秀珍姐，我們——」

她話還未曾講完，那中年紳士已喝道：「行了，將穆秀珍帶走，我和安妮小姐之間，還有一點小小的談判，快走！」

那四個大漢立時將穆秀珍押走了。

當穆秀珍走出門口的時候，安妮又叫道：「秀珍姐！」

穆秀珍轉過頭來，安妮問道：「你不問四風哥怎麼了？」

穆秀珍像是陡地被安妮提醒了一樣，道：「是啊，他怎麼了？他發現了我突然失了蹤，一定是十分傷心了，對不對？」

7 一場賭博

安妮剛才和穆秀珍在講話之際，心中突然起了一種十分奇異的感覺，便是因為穆秀珍幾乎完全沒有問起雲四風的緣故！

雲四風是穆秀珍的丈夫，穆秀珍應該首先問起他來才是的，直到穆秀珍在離去的時候，仍未曾提及雲四風，安妮才忍不住問起她來。

穆秀珍在安妮的提醒下，總算反問了一聲。

安妮道：「他難過極了，也受了很大的刺激，醫生吩咐他一定要靜養，如果不好好靜養的話，他的精神可能支持不住！」

穆秀珍嘆了一聲，道：「不要緊的，安妮，等我們可以逃出去之後，就什麼問題也沒有了，哼，你別看他們人多，我一樣有辦法逃出去的！」

穆秀珍話一講完，便被那四個大漢押著，向外走了出去。

安妮的心中十分難過，她自己一點反抗的能力也沒有，而穆秀珍是不是真有能力可以逃出去，而且連她也一併救了出去？

安妮也不知道木蘭花在什麼地方，如果木蘭花回到家中，發現她失了蹤……

安妮真是不敢再想下去。

自從安妮加入了木蘭花她們以來，不論是如何驚險困難的事，在事情剛一發生時，她們也可能完全沒有線索，也可能在惡劣的處境之中。但是，卻沒有一次像如今處境那麼惡劣的！

安妮的年紀雖然小，但是她一直是十分冷靜的人，然而這時，她卻也沒有法子保持冷靜，她急得不斷地哭泣。

在木蘭花的家中，高翔緊緊地握著拳，一籌莫展。

安妮失了蹤，木蘭花音訊全無，穆秀珍更消失得無影無蹤，這一連串打擊，即使高翔是一個十分堅強的人，也覺得難以忍受，他站了起來，來回踱著，腦中亂成了一片，不知該如何才好。

就在那時候，在路上，突然傳來一下急速之極的汽車剎車聲，那一下十分難聽的聲音，令得高翔陡地跳了起來，轉頭望去。

只見一輛小型房車停在鐵門外，一個人打開車門，跳了出來，高翔一看到那人，就嚇了一跳，那是雲四風！雲四風還穿著醫院中病人的白色服裝。

雲四風一下車，就推開鐵門，奔了進來。

高翔忙迎了出去，叫道：「四風，你怎麼可以離開醫院啊，醫院吩咐你需要靜養的。」

雲四風的神情卻十分鎮定，他道：「我是逃出來的！高翔，如果換了你是我，你需要什麼？是需要靜養，還是需要有關秀珍的消息？」

高翔苦笑了一下，他似乎不必考慮，便道：「你說得對，換了我是你，我也會從醫院中逃出來的！」

「現在情形怎麼樣了？」雲四風急急問道。

高翔再度苦笑：「情形更壞了，蘭花不知到了何處，而且，連安妮也不見了，她一直是在家中的，但突然失了蹤！」

雲四風的面色變得十分蒼白。過了半晌，他才道：「高翔，你的意思是，我們已遭到了前所未有的挫敗了？」

「至少到目前為止是那樣，四風，我已經知道主持這件事的人是姚雄，我已經命令全市警方人員，盡一切可能去調查和姚雄有關係的人物動態，現在我只好等著報告，在沒有結果之前，我們絕沒有辦法採取新的行動，只好束手無策！」

雲四風來回踱著，自他的額上不斷地有汗珠滲出來，他的神經顯然是在極不穩定的狀態之中，高翔剛想開口勸他去休息，雲四風已然問：「你看秀珍有危險麼？」

高翔緩緩地吸了一口氣，這是一個十分難回答的問題，因為穆秀珍現在怎麼樣了，他根本一無所知，他又如何能回答。

他想了片刻，才道：「秀珍一定是在敵人的手中，我想她不會有生命危險，因為殺了她，對敵人而言，並沒有什麼好處！而留著她，可以要脅我們！你想，如果他們要殺死秀珍，又何必製造什麼神秘的失蹤呢？他們對付安妮也是那樣，可知她們沒有生命危險。」

聽得了高翔那樣分析，雲四風的臉色略為好轉了一些，也就在這時候，電話鈴突然響了起來，高翔連忙抓起了電話。

他立即認出，在電話中響起的是值日警官的聲音，高翔連忙問：「有什麼發現？」

「第七行動組金警官有報告。」

「請他直接向我報告！」

「是！金警官請報告！」

高翔立即聽到了金警官的聲音，金警官道：「高主任，我們發現，有一批歹徒，最近曾在第十七號公路的一幢屋子中集會，這批歹徒之中，有過去和姚雄有過聯繫的毒販在內，我們拘捕了其中兩人，他們承認了，曾在那屋子中見過姚雄和小黑豹！」

高翔興奮得直跳了起來，道：「好，做得好，快命令就近警官派人去包圍那屋子，但是別採取行動，等我來到了再說。」

高翔放下了電話，便道：「我們走！」

他和雲四風兩人是急速奔出去的，因為金警官報告的線索，實在太重要了，那地方姚雄曾多次會見那批歹徒，那一定是姚雄在本市的一個巢穴。

破獲了這一個巢穴，對於姚雄的來龍去脈，就可以認識清楚了。

他們一齊跳上了車子，高翔駕著車，以極高的速度駛向警局。

當高翔駛到警局之時，金警官立時迎了出來，道：「高主任，對那幢屋子的包圍已經完成，這裡有一百二十名兄弟，立時可以出發。」

高翔點著頭，道：「你去找一套制服來給雲先生穿。」

金警官向雲四風略打量一下，便走了開去，不一會兒便捧了一套制服來，雲四風換去了醫院中的服裝，和高翔一起跳上警車。

六輛警車，風馳電掣駛出了警局，沒有多久便出了市區，轉入了十七號公路之後不久，一條支路上便有警員駛著摩托車出來，這個警員是早和高翔以無線電聯絡過的了，由他負責帶領大隊警員，到那屋子去。

五分鐘後，六輛警車都停了下來。他們已可以看到兩百碼外的那幢洋房。那幢洋房在一個山坡上，有一條斜路向上通去，在那條斜路上，總共有兩道鐵門，房子的四周有圍牆，牆上有鐵絲網。

在普通人看來，這幢花園洋房目前十分寧謐，並沒有什麼特別的地方，但是高翔卻是十分有經驗的警務人員，他才一跳下警車，便看到那洋房的四周圍，草叢中和灌木叢旁都伏滿了警員，整幢洋房都已經在警方的包圍之下了。

警車停在兩百碼開外，那地方恰好是片林子，雖然大隊警車駛到，但洋房中的人也未必會發覺。

高翔沉著地發著命令，道：「四下散開，加強包圍，避免暴露！」

百來名警員一齊散了開來，警員訓練有素，行動十分快捷。

一個警官奔了過來，道：「高主任，鐵門和鐵絲網上都證明是通電流的！」

「哼！」高翔皺了皺眉，「金警官，和發電廠方面聯絡，請他們暫時切斷這一地區的電源供應，電流一截斷便告訴我！」

金警官忙用無線電和總部接頭，再由總部和發電部門接洽，三分鐘之後，又有警官來報告，道：「電流已經截斷了！」

高翔端起了衝鋒槍，開始向前奔去。

他一開始行動，大隊警員立時跟在他的後面，一齊向前奔了過去，等到奔到了近牆處，才一齊大聲呼喝了起來。

高翔和雲四風兩人奔在最前面，他們的手中都握著手提機槍，他們是從那條斜路直攻了上去的，在他們的身後，跟著好幾位警官，和三四十名警員。

當所有的警員一齊發出吶喊聲之際，聲勢之威猛，簡直是驚天動地，高翔看到那房子中，有七八個人充滿驚惶地向外奔出來，但是又立即退了回去。

從那樣的情形看來，他們顯然是等到警員開始大聲吶喊，才知道整幢洋房已然處在重重包圍之下了。

高翔衝到第一重鐵門之前，立時扳動了機槍，隨著驚心動魄的槍聲，他一腳踢開了那扇鐵門，繼續向前衝了過去。

等到他攻開了第二道鐵門之際，屋中也開始有槍聲還擊，高翔和雲四風帶領著警員，在地上滾動著，找尋著掩蔽的物體，繼續前進。

而那時，由另外幾位警官率領的大批警員，已然紛紛爬上了圍牆，密集的槍火對準了房內掃射過去，這使得高翔他們更容易前進。

終於，高翔和雲四風首先跳上了洋房正門的石階，背貼著橋而立，高翔向在牆頭上的金警官揮著手，這時，他根本忘記自己的肩頭受過傷！

金警官一看到了高翔揮手的動作，立時對著擴音器叫道：「屋中的人聽著，你們已全部被包圍了，快放下武器投降，將手放在頭上，一個接一個走出來，給你們三十秒鐘時間考慮，要不然，你們沒有生還的機會，從現在起，三十秒！」

金警官話一結束，來自圍牆和四面八方的槍聲，一齊停了下來，只聽得在洋房之內，還有槍聲響起，但卻只是零星的幾下。

接著，便完全靜了下來。

然後，看到第一個人衝了出來，拋下了手中的槍，雙手放在頭上，奔出了屋子，衝下石階。

在他奔出來之際，只聽得房中有人怒喝一聲：「沒種的東西！」

接著便是「砰」地一下槍響，那人立時滾跌在地！

而幾乎在同時，高翔一轉身，便向門內掃射了一梭子彈，有人慘叫著，也有人高叫道：「別開槍，我們投降了，別開槍！」

隨著那人的呼叫，好幾枝槍拋了出來，一個接一個，雙手放在腦後，走了出來，一共有十五個之多，一齊站在花園中心。

這十五個人中，倒有一半以上是高翔認識的，那全是怙惡不悛的頑固犯罪分子。有兩個還是才從獄中放出來還不到一個月的。

高翔冷笑道：「誰是頭腦？」

那十幾人互望著，一個道：「頭腦是飛天龍，已被高主任打死了。」

「那麼，誰是副手，快站出來。」

一個身形魁偉的中年人，遲疑了一下，向前踏出了一步。

高翔「嘎」地一聲，道：「刀疤老四，你今年多大年紀了？」

那中年人的左頰上，有一道十分難看，鮮紅色的刀疤，刀疤老四是他的名號，那人是本市最惡劣的歹徒之一，他聽得高翔問他年紀，不禁呆了一呆，然後才道：「我今年四十七歲。」

高翔「哼」地一聲，道：「從你十五歲那年，在街頭聚賭打架開始，你在獄中度過了多少年，我想你一生不想出監獄了！」

「不，高主任，我們並沒有做犯法的事！」

「轉過身，向前走來！」高翔大聲喝斥。

刀疤老四轉過身，向前走來，走到了高翔的面前，高翔突然伸手，抓住了他胸前的衣服，咬牙切齒，一字一頓，道：「你老老實實說，穆秀珍在什麼地方！」

刀疤老四的臉色變得煞白，那襯得他臉上的刀疤更呈現一種難看之極的紫色，他道：「穆秀珍，我不知道，我真不知道。」

高翔「呸」地一聲，道：「你們都曾和姚雄見過面，會不知道穆秀珍在什麼地方，不但有穆秀珍，還有安妮，也在你們手中！」

「我們真的不知道，高主任，真的不知道，我們是和姚雄見過面，他給我們很高的酬勞，叫我們在這裡等，隨時等候他的差遣，我是聽得他說起要對付木蘭花、穆秀珍，但是……他的計劃怎樣，我們卻不知道，我們是真的……不知道！」

高翔揮手叫道：「進屋去做徹底搜索！」

大隊警員服從著高翔的命令，進入了屋子，高翔的一手仍然抓著刀疤老四的胸口，道：「那麼你們之中，有誰接受過姚雄的差遣？」

「我們還沒有人接受過差遣，我們不知他在幹什麼，高主任，真的沒有，我們也不是第一次犯罪，絕不會在現在這樣的情形之下不認罪的！」

高翔苦笑著，他知道刀疤老四所說的是實話，越是累犯，越是在被拘捕之後，痛痛快快地承認罪行，因為他們知道不承認也是一樣的。

那樣說來，自己的一團高興，又化為烏有了！

高翔和雲四風互望了一眼，兩人一起苦笑！

而同時，剛才衝進屋中的警員，也已經完成了搜索，他們揪出了兩個躲藏起來的人，但是經過周密的搜索之後，終未發現穆秀珍。

高翔又受到了一次打擊！

但是這次打擊，卻使高翔知道，姚雄在本市已建立了許多據點，他也可以肯定，穆秀珍一定是被關在許多據點中的一個！

他知道自己的偵察辦法是對的，但是他卻不知道那樣子下去，要多少時間，才能找到穆秀珍，也不知道在這期間，事情會有什麼變化！

剛才，他正進攻這幢洋房的時候，由於心情上的興奮，根本不覺得肩頭上的傷口有任何疼痛，但是此際，卻又感到一陣痛楚。

他望著警員將這二十名歹徒押上了車子，心中不禁起了一股極度茫然之感。

他以為可以在這裡得到線索的，但是線索又斷了！

在海底繼續跟蹤著那艘潛艇的木蘭花，心中也十分奇怪，因為那艘潛艇並沒有停止的意思，一直在向前駛去。

木蘭花知道自己很久沒有和安妮聯絡，安妮一定很著急了，但是卻也不敢貿然使用無線電通話，因為有被截聽到的可能，而她現在正在跟蹤著對方的潛艇，如果一被對方發覺，她的跟蹤就再也起不了作用了。

木蘭花用心地觀察著正在螢光幕上出現的那艘潛艇，從那艘潛艇行進的方向來看，它似乎不斷地在轉著彎，這就更使木蘭花不明白了。

因為木蘭花知道姚雄的手，受了相當嚴重的炸傷，那樣的炸傷，如果得不到及時治療的話，會引起十分嚴重的後果，那麼照常理來說，姚雄就應該將遊艇直駛往一個目的地，上岸去求醫才是！

但是，他卻只是在海中兜著圈子。

但不管如何，木蘭花仍是抱定宗旨，一直遠遠地跟在這艘潛艇的後面，「兄弟姐妹號」的遠端海底電視攝像管，可以將那潛艇清楚地現在螢光幕上。

那樣的跟蹤，大約經過了一小時，木蘭花發現那艘潛艇已漸漸向上升，木蘭花知道對方要浮出水面了，她連忙先一步將「兄弟姐妹號」升出水面。

因為當潛艇上升之後，看到海面上有一艘遊艇，姚雄是不會起疑的，但如果在它升起之後，看到另有一艘從水底升起來的遊艇時，那就不同了。

在「兄弟姐妹號」升上海面之後，木蘭花立即看到，那是一個海灣，木蘭花還認得出這個海灣叫作梅花山海灣，近海灣處，是本市的大工業區，工廠林立，在海上望去，也可以看到許多宏大的廠房，和高聳入雲的工廠的大煙囪。

這時，木蘭花也已明白那潛艇為什麼兜圈子了！

姚雄根本沒有離開本市之意，他的潛艇，沿著海岸繞了一個灣，來到了這裡。他自然是準備在這裡登陸了。

木蘭花在剎那間，腦中迅速地轉著念，她自然要繼續跟蹤，一直跟蹤到姚雄在本市的真正巢穴之中，她斷定穆秀珍一定是在那裡。

但是，要在海面上進行跟蹤，卻是相當困難的，跟得近了，會被姚雄和小黑豹覺察，跟得遠了，若是他們先登上了碼頭，進入了工廠林立的工業區，再要找他們，那就難得多了。

木蘭花考慮了片刻，決定了先駛近碼頭去，等候姚雄的到來。

她迅速地按下了幾個掣，使「兄弟姐妹號」的外型略起改變。那次改變十分小，只是原來的船名上，壓上了一幅「海鷗號」的新船名，同時，船首伸出了兩個尖角來，而船尾也翹高了三四呎。但是那樣的改變，也足以使人認為那是另一艘船了。

這個工業區一共有七個碼頭，木蘭花還不知道姚雄會在哪一個碼頭登岸，但是好在每一個碼頭都是並列的，木蘭花在漸漸接近碼頭的時候，便注意著海面。

她並沒有看到姚雄的潛艇是在什麼地方升上海面的，但是她估計一定是在海中央那一堆礁石之後，因為她看到一艘快艇，正由那礁石之後疾駛而來。

那快艇狹而長，十分小，艇上有著兩個人。

木蘭花和那快艇的距離還十分遠，她其實是看不到艇上的兩個是什麼人的，但是她卻可以肯定，那兩個人就是姚雄和小黑豹。

而且，木蘭花從快艇的來勢，也看出姚雄是準備在三號碼頭登岸的，是以她先將「兄弟姐妹號」駛向三號碼頭，並且先登上了岸。

在她登岸之前，她已在自己的容貌上作了小小的改變。

她並沒有時間去作太大的改變，因為快艇來勢十分快，時間上並不允許。

她本來是一直跟在姚雄的潛艇之後的，但是由於她有過人的判斷力，是以她知道對方下一步的行動是什麼，反而可以先在岸上等著他們。

木蘭花上了岸並沒有多久，小艇的「撲撲」聲便越傳越近，小快艇泊在三號碼頭上，幾乎就在「兄弟姐妹號」的旁邊！

木蘭花站在岸上，岸上的人很多，她混在人叢中，一點也不出眾，她注意著姚雄和小黑豹的行動，姚雄是被小黑豹扶上岸來的。

他們兩人一上了岸，便立即匆匆向前走去，木蘭花也連忙跟在後面，他們兩人顯然未曾發覺有人跟在他們的後面，因為他們一直向前走著，連頭也未回。

十分鐘後，他們走進一條相當污穢的巷子，木蘭花在巷口略停了一停，並沒有立時跟進去，因為那巷子十分窄，立時跟進去，容易被發覺。

木蘭花在巷口看得很清楚，姚雄和小黑豹在巷子中走到一半，便停了下來。

他們停在一扇狹窄的鐵門之前，那鐵門看來，像是廠房或者倉庫的邊門，小黑豹在那鐵門上連敲了七下，發出了砰砰的聲響，那扇鐵門立時打開，兩人也走了進去。

在兩人進去之後，鐵門之中，還有一個人探頭出來，向小巷左右張望了一下，木蘭花連忙縮回了身子，那人也立時縮回頭去。

接著，「砰」地一聲響，鐵門關上了。

木蘭花急步走過小巷，她甚至在經過那扇鐵門之際，也沒有停下來，只不過轉頭，裝成了不經意地望了兩眼，打量了一下而已。

那鐵門十分殘舊，上面漆著「曼谷實業公司」、「第一貨倉」等字樣，木蘭花已經可以肯定，她已找到姚雄的秘密大本營了。

她穿過了小巷，在那小巷的巷口，又停了片刻。

在那片刻之中，她心念電轉，不知轉了多少個念頭！

她現在可以立時通知警方，那麼，高翔自然會帶著大批警員來到這裡的，用直升機來運載警員的話，半小時就可以形成包圍了。

但是木蘭花卻想到，那絕不是好辦法！因為這裡是姚雄的秘密巢穴，幾乎已是可以肯定的了，那麼，穆秀珍就在這裡面，也幾乎是毫無疑問的事情了。

這裡表面上是一個貨倉，但是姚雄那樣老謀深算的人，既然選定了這裡來做他的秘密的巢穴，一定是有理由的，說不定裡面有四通八達的地道，那麼，大批員警一到，打草驚蛇，不但找不回穆秀珍，只怕要捉到姚雄，也不是容易的事。

木蘭花的心中，實在是為難到了極點！

她已經幾乎接近成功了！因為她已追蹤姚雄，眼看姚雄進入他的秘密巢穴之中，但是，她卻想不出用什麼方法來對付姚雄！

她繞到那倉庫的正門，也是重門深鎖，如果去敲門的話，一定是自討苦吃，木蘭花甚至考慮爬上倉庫的屋頂去了，但是那樣一樣不能走進倉庫之中。

木蘭花深深地吸了一口氣，她已繞著倉庫轉了一轉，又來到了那個小巷的巷口了，就在那時，她的心中陡地一亮！

她想到了十分重要的一點！那便是，姚雄急需要一個醫生，而在他的秘密巢穴之中，不可能有一個醫生常駐著，因為他的受傷全然是一件意外。

再進一步說，那就是會有一個醫生進這倉庫去了。那醫生可能是他們的自己人，但是也更有可能是他們向普通行醫的醫生求助！

木蘭花想到了這一點，心中登時高興了起來。

她退開了幾步，站在巷口等著。

如果有醫生來，那麼，她就可以進入那倉庫去了。

木蘭花等了約有五分鐘，她看到一個穿著深黑西裝的人，提著一隻藥箱，不急不徐地走了過來。

一看到那人，木蘭花知道自己的判斷是正確的了。

木蘭花立時迎了上去，道：「你是醫生？」

那醫生是一個中年人，他停了下來，道：「你是誰？」

「我是倉庫中的。」木蘭花隨口回答。

「你們剛才打電話來，有人受了傷，但如果傷勢太重，我也只能做暫時的工作，你們應該通知警方才是！」那醫生解釋著。

「是，是，請醫生先去急救一下。」木蘭花說著，突然重重地一掌擊在那醫生的後腦，那醫生向前一仆，木蘭花托住了他的身子。

等到木蘭花將他的身子放下來時，已經除下了他身上的上裝。木蘭花不得不在心中對那位醫生表示抱歉，但是她卻沒有別的辦法。

她自她自己的衣袋中取出了一頂假髮戴在頭上，使她看來變成了一個半禿的男子，她又貼了兩條假鬍在唇上，看來她老了許多。

然後，她將醫生拖到了街轉角處，靠牆坐著，她提著藥箱，向前走去，來到了那扇鐵門之前用力拍了幾下，鐵門打開來，一個人探出頭來。

那人向木蘭花一打量，便道：「醫生麼？」

「是。」木蘭花粗聲回答著，「有人受傷？」

「請進來，醫生，我們一位工友，在搬運貨物的時候，被碰傷了手。」

那人轉身向內走去，木蘭花跟在他的後面，進了倉庫。

倉庫中十分黑暗，只有十分高的地方，有幾盞昏黃的電燈，倉庫中堆著很多貨物，木蘭花才一走進去，鐵門便砰地關上。

木蘭花回頭看了一眼，只見鐵門旁邊站著兩個人。木蘭花也不出聲，那人走得很快，在兩疊很大的木箱中間穿過，又來到了一扇門前，才站定道：「姚大哥，醫生來了。」

「快請醫生進來！」那是小黑豹的聲音。

小黑豹和姚雄都在裡面。

雖然木蘭花一直鎮定過人，但是這時候，她的心情卻也不免十分緊張，因為她此際的化裝十分拙劣，她知道是很容易被姚雄識穿的，但是既然已來到了，她卻絕沒有不進去之理。

在帶她進來的那人推開那道門時，木蘭花已想好了，最精明的人，自然是姚雄，但姚雄絕不知有人跟蹤他來到此處，而且他又急於治療傷了的手，那麼，他的注意力自然不免打折扣，只要自己掩飾得好一些，想混過去，並不是不可能的事。

而且，在一進去之後，既然見到了姚雄，也可以見機行事了！

木蘭花緩緩地吸了一口氣，就在那人推開門之後，一起走了進去。

門內是一間十分普通的房間，正和普通倉庫的辦公室無異，並沒有什麼特別的地方，而姚雄正在椅上，他的手擱在一張破舊的辦公桌上。

在他的手上，胡亂纏著一些布帶，那些布帶已被血濕透了，他的神情很蒼白，皺著眉，一見木蘭花就道：「快，快替我打止痛針！」

木蘭花放下了藥箱道：「你是怎麼受傷的？」

姚雄並沒有出聲，在一旁的小黑豹代答道：「是砸傷的。」

木蘭花解開了姚雄手上的布條，實在不必一個醫生也可以知道那是炸傷的，傷的主要部分是手心，皮開肉綻，可想而知十分痛楚。

木蘭花搖著頭，道：「不對，這不是砸傷的，我看……像是爆炸受傷的，我只能替你急救，我認為應當通知警方才是！」

辦公室中的人互望著，小黑豹一翻手，在他的手上，已多了一柄手槍，那槍正對準了木蘭花，木蘭花立時裝出十分吃驚的神情來。

她忙道：「這……這是怎麼一回事？」

「聽著，」姚雄沉聲道：「你別多管閒事，我們也不想和警方發生任何關係，我只要得到治療，而你，就負責治療！」

木蘭花裝出十分害怕的樣子來，說道：「你們——你們會將我怎樣？」

姚雄緩慢地道：「我們會將你囚禁起來，待我的傷好了可以離開這裡時，那你就可以離去，所以，你得盡心替我治療才好！」

那正是木蘭花所希望的！

木蘭花那時，出其不意要制住姚雄，是很容易的，當她走進辦公室來的時候，她也考慮過這一點的了，但是她卻知道那也不是好辦法！

她制住了姚雄，固然可以要脅姚雄將穆秀珍放出來，但是穆秀珍還在姚雄的手中，姚雄又何嘗不能要脅木蘭花？這樣做，可以說是一場賭博！

而木蘭花卻絕不能用穆秀珍的性命來做賭博。

所以木蘭花並沒有那麼做，木蘭花反倒希望姚雄將她囚禁起來，那麼，她就有機會來查看這倉庫中的情形，先將穆秀珍救出來再說了！

木蘭花心中雖然希望如此，但是她還是道：「你們……讓我回去，我定時前來替你診治，我絕不洩露你們的秘密就是了！」

姚雄冷笑著，道：「你以為我們會冒那樣的險麼？」

小黑豹也已厲聲叱道：「少廢話，不然我先殺了你，我們再去找第二個醫生！」

木蘭花裝出無可奈何的神情來：道：「好！好！」

她先替姚雄注射了一針止痛針，然後，洗淨了傷口，注射抗生素，再用最新的噴射防菌劑噴在姚雄的傷口上，然後才包紮了起來。

當包紮了之後，她才道：「如果在十二小時之內，體溫不增高的話，就沒有什麼大問題，不然只怕要送醫院了！」

木蘭花在那半小時中所做的一切，實在不比一個熟練的外科醫生遜色，所以她可以說是一點破綻也未曾露出來。

姚雄最後聽了木蘭花的話，只是悶哼了一聲，便吩咐道：「帶他進去，待他好一些，我究竟還是他的病人，但要派人看守他！」

小黑豹和幾個人答應著，木蘭花在收拾藥箱的時候，趁他們不覺，將一枚小型的竊聽器放在桌子之下，那竊聽器只不過指甲大小，上面附有尖銳的短刺，只要用力一按，就可以附著在木器上或是牆上，然後，木蘭花跟著兩個人，提著木箱，走了出去。

那兩個人帶著木蘭花，走出了那間辦公室，來到倉庫中，他們來到一隻大木箱之前停下，其中一個人用手一按，將大木箱的一邊扳了下來。

那大木箱之中，是一條通往地下室的梯階！

木蘭花看到了那樣的情形，不禁暗暗稱讚姚雄設計的聰明，這裡是倉庫，倉庫之中，幾乎到處全是那樣的大木箱，又有誰想得到其中的一隻大木箱中有那樣的秘密，竟是一條暗道的入口？

木蘭花在他們的推擁下，走下了那階梯。

8 插翅難逃

她走下了約有十來呎，前面便是一道走廊，有人在走廊中坐著，帶木蘭花來的人向那兩人打了一個招呼道：「這是醫生，首領吩咐將他關起來！」

那兩個向木蘭花打量了一眼，其中一個打開了一扇門，道：「進去，走快些，你如果不想進去，我可以將你扔進去的。」

木蘭花一聲不出，便走進了那房間。

她才一走進去，那門便「砰」一地關上了。

房間中的光線十分黑，幾乎什麼也看不到，木蘭花也不去尋找是不是有燈，她連忙自她的鞋跟中拉出一個耳筒來。

那耳筒有一根電線連著，木蘭花將耳筒塞在耳中，她立時聽到了姚雄的聲音，道：「他媽的，高翔到了十七號公路那地方？」

另一個人道：「是的，所有人全被捕了！」

姚雄笑著道：「但是那沒有用，我一點損失也沒有，那地方的人，根本不知我在什麼地方，他們也不知穆秀珍和安妮在什麼地方。」

木蘭花一聽到這裡，心中實是又驚又喜！因為她不知道安妮也出了事。如今，姚雄那樣說，那自然是不知他用了什麼方法，連安妮也落到了他的手中，木蘭花自然不免吃驚。

但是值得安慰的是，聽姚雄那樣說法，穆秀珍顯然是被囚禁著，而絕沒有生命的危險，那麼，穆秀珍被囚在何處，是不是就在這裡？

木蘭花繼續用心聽著。

只聽得姚雄又發出了一陣奸笑，道：「我的計劃，他們是做夢也想不到的，而如果我的計劃實現了，哈哈，哈哈……」

姚雄並沒有再向下說去，只是不住笑著。

又聽得小黑豹問道：「首領，你的計劃是什麼？」

木蘭花聽得姚雄說他另有一道絕妙的計劃，心中也不覺得奇怪，因為姚雄本來就是最足智多謀，是最危險的犯罪人物。像姚雄那樣的人，有了新的犯罪計劃，何足為奇？

可是在聽了小黑豹那樣的一問之後，木蘭花的心中卻陡地奇怪了起來，姚雄的犯罪計劃，連小黑豹也不知道，那實在是不可能的事！

小黑豹是姚雄最得力的助手，姚雄的行動計劃，如果連小黑豹也不知道的話，那實在是太秘密了，只怕世上只有他一個人才知道了。

可是，姚雄接下來講的話，卻又使木蘭花不明白！

只聽得姚雄笑了一下，在他的笑聲中，可以聽得出充滿了神秘的意味，他道：「小黑豹，我不能告訴你，這件事必須保守極端的秘密，只有我和另一人知道！」

辦公室中，靜了片刻。

然後，才又是姚雄的聲音，道：「小黑豹，你生氣了？」

小黑豹道：「你不將計劃告訴我，我不生氣，但是你卻告訴了另一個人，這使我生氣。」

姚雄「哈哈」笑了起來，道：「小黑豹，等我的計劃完成時，你就可以知道為什麼在事先必須保守極端的秘密了，而那另一個人，他必須知道，是因為他是計劃的執行人，怎能不知？小黑豹，如果你生氣的話，你實在太傻了！」

小黑豹勉強笑了一下，道：「原來是那樣。」

木蘭花心中急速地在想著：姚雄的計劃是什麼呢？

她只是略想了一想，便不再去想這件事，因為木蘭花並不認為姚雄的那個秘密計劃，是和她目前要做的事情有關。

她還想再聽姚雄談談穆秀珍和安妮的事。可是姚雄卻沒有再說什麼，只是雜七雜八，講了一些無關重要的話，接著，便聽得姚雄道：「我在我的房間中，你們未得我的命令，不能有任何行動。」

好幾個人一起答應著。

接著，便是腳步聲和開門聲，那顯然是姚雄和小黑豹兩人已經離去了，他們兩人一走，木蘭花聽得剩下來的人，七嘴八舌地在討論姚雄的秘密計劃。

但是他們那些人，對姚雄剛才感到如此得意的秘密計劃，顯然是一無所知，是以他們只是胡亂猜想著，言不及義。

木蘭花知道再聽下去，也沒有什麼意義了。她將耳塞送回鞋跟中，走到了門旁，轉動門球，那門竟沒有鎖著，也許外面兩個大漢，以為她只是一個文質彬彬的醫生，根本不必怎樣注意的。

木蘭花將門打開了之時，向外看去。只見那兩個大漢仍然坐著，守著出入口。

木蘭花將門開得大些，將頭向外望去。那兩名大漢立時發現了木蘭花的行動，大聲叱責了起來，道：「做什麼，快滾回去！」

木蘭花道：「是！是！房間中太黑了，有沒有燈？」

木蘭花像是十分害怕地說著，那兩個人卻大笑了起來，一個道：「原來這傻瓜到現在還一直在黑暗之中，哈哈，太有趣了！」

另一個道：「他多半是嚇呆了！」

木蘭花看到他們笑，索性裝出一副傻樣來，道：「我找不到電燈的開關在什麼地方，你們能不能告訴我，我身上有很多錢……」

木蘭花講到這裡，那兩個人已互望了一眼，停止了笑聲，而且一起向木蘭花走了過來。木蘭花一看到他們走過來，立時退進了房中。

那兩個大漢卻直逼了過來，進了房間，一個「啪」地一聲，亮著了電燈，另一個拍著桌子，道：「你有多少錢，全拿出來。」

木蘭花雙手亂搖，道：「我……我……」

可是那兩個大漢卻各自跑向前，一人伸一隻手，拉住了木蘭花的西裝上衣，厲聲道：「錢在哪裡，快給我們，不然叫你吃一點小苦頭。」

木蘭花心中只覺得好笑，她的雙手本來就是高舉著的，這時，她雙手一沉，用力按了那兩人的後腦，然後雙手一攏，將那兩人的腦袋推在一起，用力撞了一下，那一撞的力道著實不輕，「砰」地一聲之後，那兩人身子搖晃著倒下地去。

木蘭花又伸腳在他們兩人的後腦重重踢了一腳，令得那兩人不會那麼快就醒來，然後，她搜走了兩人身邊的手槍。

她打開門，向外走去，看到那兩個人的手提機槍還全掛在椅背上，木蘭花取出了其中一排的子彈盒，放在袋中，提了另一柄。

她來到了另一扇門前，輕輕轉動著門球，那門鎖著，木蘭花取出百合鑰匙，只用了半分鐘時間，就打開了那道門。

裡面也十分黑暗，木蘭花伸手在門旁，摸到了電燈開關，亮著了電燈，她立即看到了安妮！

安妮正坐在一張椅子上！

由於電燈是突如其來著亮的，是以安妮緊閉著眼睛。

木蘭花看到了安妮，心中的高興，實在難以形容，她忙關上了門，低聲叫道：「安妮！你睜開眼來看看，我是誰！」

一聽得木蘭花的叫喚，安妮立時睜開了眼來。

剎那之間，她實在不能相信自己的眼睛！

在她眼前的那人，雖然留著男人的短髮，而且上唇還有短髭，但是安妮卻一眼就可以認得出，那不是別人，正是木蘭花！

安妮想張口大叫，可是出於事情實在來得太突然了，是以她張大了口，一句話也叫不出來。木蘭花連忙向前走了過去。

安妮一等到木蘭花到了她的身前，便緊緊握住了她的手，叫道：「蘭花姐，你來了，我……你真的來了麼？真是你麼？」

木蘭花笑道：「傻瓜，我還有假的麼？」

安妮緊緊地吸了一口氣，道：「你見到了秀珍姐沒有？我看到過她，她一定也被關在這裡，蘭花姐，你來了，那就好了。」

木蘭花轉身，道：「安妮，伏在我背上。」

安妮勾住了木蘭花的頭，木蘭花將安妮負到了背上，又來到門前，木蘭花向外看了一下，並沒有什麼動靜，分明是他們還未曾發覺下面生了變故。

木蘭花走到另一個門前，那門沒有鎖，當木蘭花推開那扇門時，發現那房間是空的，木蘭花立即又到了另一扇門前。

那門鎖著！木蘭花又用百合鑰匙打開了門鎖，陡地推開了門。

她一推開門，就看到穆秀珍從床上直跳了起來！

穆秀珍本來是正躺在床上看一本書的，因為她雖然跳了起來，但是她的手中，還是拿著那本書，她先看到了安妮，然後，才看到了木蘭花，因為安妮一見到她，便已迫不及待地叫道：「秀珍姐！」

「安妮！」穆秀珍也叫著。

「秀珍姐，你看看這是誰，蘭花姐來了！」安妮高興地叫著，如果她不是雙腿殘廢的話，她這時一定會直跳了起來。

「蘭花姐！」穆秀珍叫著，望定了木蘭花，她臉上的神情是難以形容的，她向前直撲了過來，抱住了木蘭花，也抱住了安妮。

木蘭花忙道：「秀珍，我身上有手槍，手提機槍交給你，我們還未曾脫險，我們得設法衝出去，姚雄就在這裡，我想，警員也應該包圍這裡了！」

「蘭花姐，你來的時候報了警？」

「沒有，但是我在這裡的門外擊倒了一個醫生，那醫生應該醒來了，醫生一醒，自然會進倉庫來調查的，我們該引起警方的注意了！」

「那還等什麼？」穆秀珍立時說。

她從木蘭花的手中，提過手提機槍來，衝出房間，扳動了槍機，便掃出了一排子彈，在甬道中聽來，槍聲更是驚心動魄！

隨著那一陣驚心動魄的槍聲，只聽得倉庫上面，突然也有槍聲傳了出來，不但有槍聲，而且還有大聲的叱喝聲，來回奔走的聲響。

木蘭花負著安妮，站著不動，穆秀珍已迅速地向上衝了上去，她一面向上衝，一面不斷地掃射著，木蘭花跟在她的後面。

她們兩人，一前一後衝出了秘道的入口處，立時有四五個警員，一起舉槍向她們瞄射，穆秀珍叫著：「別開槍，我是穆秀珍，這是木蘭花！」

一個警員立時向前走來，木蘭花急道：「找到姚雄和小黑豹沒有？那是兩個最危險的犯罪分子，他們就在這倉庫之中！」

那警官道：「還沒有，但我們已控制局面。」

木蘭花抬頭看去，不禁大大地鬆了一口氣。

正如那警官所說，警方已控制了局面。

倉庫中的槍戰，已經結束了，歹徒在木箱後一個個被警員揪出來，總共有十幾個之多，一出來就立時被警員押了出去。

聽了木蘭花的話後，那警官已下令，對整個倉庫進行徹底的搜索。在不到十分鐘之內，警員已找到了兩個暗道的入口處。

而在找到第三個暗道的入口處之際，又響起了一陣猛烈的機槍聲，隨著那一陣槍聲，首當其衝的六七名警員，立時浴血倒地！

其餘的警員，一齊散了開來，覓地掩蔽。

也就在那一剎間，一個人端著手提機槍，自地道的入口處疾跳了出來，那人的動作，敏捷得像是一頭豹一樣，一跳出來，就躍了七八呎。

他身子打著轉，手中的手提機槍不斷地掃射著，子彈射向四面八方，完全沒有人可以接近他，而他一面掃射，一面向外直衝出去。

那人正是小黑豹！

他的動作是如此之快，轉眼之間，已被他竄到了門口，眼看他可以奪門而出了，但那時候，另一聲槍聲響了起來。

那一槍，是躲在木箱後面的木蘭花所射的。

隨著那「砰」地一聲響，正在向前疾奔而出的小黑豹，突然身子向前仆跌了下去，木蘭花的那一槍，正射在他左腿的腿上。

小黑豹在地上翻滾了一下，還想提槍再掃射，但是他卻沒有這個機會了。

就在他一個翻身之際，一個警官用力一推，將一疊木箱推倒，向他身上壓去，接著，至少有十個人，同時自掩蔽物後舉槍向他掃射！

小黑豹的身子，向上直跳了起來！

當他的身子向上直跳起來之際，他已中了十幾槍，根本不能再反抗了，但是他還是緊緊握著手中的手提機槍。

他的身子彈跳了起來之後，立時又重重地摔了下去，他全身都是血，已經死了！

木蘭花立時將安妮交給了一位警員，她奔到了那地道入口處，喝道：「姚雄，你已走投無路了，快出來！」

木蘭花一面說，一面又向地道中連放了五六槍。

只聽得地道中響起了姚雄的聲音，道：「別開槍，我投降了！」

木蘭花又向旁閃了一閃，她向在地道口的警員作了一個手勢，所有的警員一齊向旁張開，接著，姚雄舉著手，走了出來。

姚雄一出來，所有的警員手中的槍，全對準了他！

木蘭花冷笑了一聲道：「姚雄，認得我麼？」

姚雄轉過頭來，看到了木蘭花，他陡地一呆，道：「你是……你是木蘭花！」

他突然笑了起來：「哈哈，你真行，木蘭花，我服了，真服了！」

木蘭花冷笑著，道：「你想不到，是不是？」

「當然因為我未能料到，要不然，你那種拙劣的化裝能將我瞞過去，才是奇事了。好，我既然已落在你們手中，沒有話說，穆秀珍就是在——」

姚雄的話還未講完，穆秀珍已大踏步走了過來，道：「我已經出來了，不勞你費心，姚雄，這次，你可逃不了的！」

木蘭花唯恐穆秀珍恨起來，會對姚雄報復，是以忙道：「秀珍，他已落網了，警方自會處理，你快去和高翔聯絡一下。」

穆秀珍狠狠地望著姚雄，又道：「你逃不了的，哼！」她揚了揚手中的槍柄，作勢待向姚雄打過去。

木蘭花忙喝道：「秀珍！」

穆秀珍這才悻然轉過身，向倉庫之外走去。

木蘭花撕去短髭，除了假髮，回復了本來面目，伸手召來了兩位警官，道：「這個人是亞洲最兇惡的犯罪分子，千萬要小心！」

那兩個警官答應著，其中的一個警官，立時取了一副手銬，將姚雄反手銬了起來，推著姚雄，一起向外走去。

在那警官和姚雄的身邊，圍滿了警員，正是剛才穆秀珍所說的那樣，姚雄這一次，一定是插翅難逃的了。

木蘭花看到了這樣情形，才放了心，她向安妮走去，一個警員將安妮負在背上，道：「蘭花小姐，讓我來照顧小安妮好了。」

木蘭花道：「謝謝你的幫助。」

他們一齊走出了倉庫，穆秀珍已經大聲叫道：「蘭花姐，高翔聽到我的聲音，幾乎傻了，他在警局等我們，要我們立即就去。」

「好。」木蘭花也十分高興。

因為這件事一開始的時候，是如此茫然而毫無頭緒，簡直一點線索也沒有，一點辦法也沒有，那時，真是束手無策，難以著手！

但是，等到她想到了對方可能是利用潛艇來行事，而開始海底跟蹤，搜索之後，事情便急轉直下，一直到她找到了姚雄的秘密巢穴，事情更是順利之極！

現在，姚雄已落網了！

倉庫外，停著好幾輛警車。那些警車，都是接到了那醫生的報告，前來調查真相的。當木蘭花救出安妮和穆秀珍之際，大隊警員正在倉庫中調查。

但是在倉庫中的歹徒，都矢口否認，說他們沒有人受傷，也沒有人知道有人受傷，警方在不得要領之餘，還當那是有人假借倉庫方面的名義，騙那醫生到這裡來行劫的，是以正準備離去，而就在那一剎間，地道中突然響起了槍聲。

地道中槍聲一起，歹徒中就有人沉不住氣了，立時發出了槍來，事情完全敗露，在木蘭花衝出地道時，警方已控制大局了。

木蘭花走出倉庫，看到姚雄被押上了警車，穆秀珍站在那警車之旁，在司機要登上車子之際，她突然道：「我來開車！」

木蘭花道：「秀珍，別胡鬧！」

穆秀珍道：「他將我弄到這裡來，囚禁了那麼久，我要親自將他送到監獄去！」

木蘭花皺了眉，一個警官已笑道：「穆小姐有那樣興趣，那是警方的榮幸，有史以來，警方沒有過那麼能幹的女司機！」

「謝謝你！」穆秀珍上了車。

她一上車，立時發動了引擎，探出頭來，叫道：「高翔一定等急了，我先去了，你們隨後跟著來好了！」

她話才一講完，已經駕著警車，向前直駛了出去。

警車的去勢如此之快，以致眾人都不免愕然。但是在眾人的愕然之中，警車已駛遠了。

安妮道：「秀珍姐一定急於見四風哥了！」

木蘭花笑了起來，道：「或許是，她一直就是心急的人，我們也該上車了。」

他們也一齊上了警車，一共是三輛警車，向前駛了出去，不一會，便駛出了工業區，來到了直通市區的公路上。

木蘭花在警車的車廂之中，和安妮在一起，安妮正在向她講述自己如何上了當，落在歹徒手中的經過，突然間，警車停了下來。

警車停得如此之突然，那令得木蘭花立時知道發生了意外！

她忙問道：「什麼事？」

警車的司機轉過頭來，道：「穆小姐的車翻車了！」

木蘭花大吃了一驚，連忙跳下了車，果然，穆秀珍駕駛的那輛警車翻在路邊，那路邊是一個三百呎深的山谷，幸而有兩株大樹攔住了車子。

但是車子也翻得十分厲害，車頭向上，車中的警員全跌出了車子，車子出事一定是不久之前發生的事，因為還可以看到有幾個警員正在山坡上呼叫，向上爬來。

木蘭花奔到了警車旁邊，穆秀珍還在司機位上，頭垂在一旁，昏迷不醒。

木蘭花先將穆秀珍從車中拉了出來，平放在地上，進行人工呼吸，穆秀珍很快就醒了過來，她一醒過來就問：「發生了什麼事？」

木蘭花埋怨道：「你幾乎將整輛車都翻進了山谷！」

這時，所有人都奔過來了，長繩一根接一根拋下，將滾跌在山谷上的警員拉了上來，每一個警員都受了不同程度的輕傷。

那個押姚雄的警官一被救上來就道：「姚雄逃走了！」

木蘭花突然站了起來，道：「快派人搜索！」

大隊人員散了開來，和總部取得了聯絡之後，幾架直升機也飛來了，可是卻找不到姚雄，姚雄竟然在不可能的情形下逃走了！

他們一直等過了很久，才來到警局。

高翔和雲四風都在警局中，雲四風也不顧當著眾人，便緊緊地擁住了穆秀珍，倒是穆秀珍，反而臉紅了起來，道：「別那樣！別那樣！」

穆秀珍的叫聲，惹得眾人也笑了起來。

穆秀珍和安妮全回來了，本來，事情可以算是十分之圓滿了，但是卻有兩件事，是令人感到十分之遺憾的。

第一，姚雄逃脫了之後，一直沒有下落。姚雄的雙手銬著手銬，一隻手又受了傷，他能夠在那樣的情形下逃走，這證明他的確是一個非同凡響的犯罪分子。

第二，穆秀珍在翻車之際，受到了震盪，經過了醫生的檢查之後，認為她最好在醫院中休養幾天。

本來要休養的是雲四風，但是雲四風在一見到了穆秀珍之後，已經全然沒有事了，反倒是穆秀珍要休養，雲四風自然只好在醫院中陪伴嬌妻了！

而安妮呢？她回家之後的第一件事，就是要雲四風再替她做一張新輪椅！

怪新郎

1 心理作用

南亞洲的天氣，幾乎是沒有真正冬天的，前幾天，寒風還十分凜冽，使人多少有寒冷之感，但突然之間，天氣就變得暖和了。

當天氣變得暖和的時候，安妮總愛坐在陽臺上，看著遠處的海。在海面上似乎有一重煙霞升起，令得蔚藍的海水如罩在輕紗中一樣。

正因為安妮坐在陽臺上，所以雲四風的車子駛來時，她第一個看到！她認得出那是雲四風的車子。但是她卻不禁皺著眉。

因為那不像是雲四風駕車的手法，車子是直衝了過來的，衝到門口，突然停止，車子甚至突如其來跳了一下。

安妮在剎那間，以為是穆秀珍來了！

但是事實上卻是不可能的，因為穆秀珍從匪巢逃出來之後撞了車，到現在已經五天了，醫生還未曾批准她可以離開醫院。

那麼，駕車來的自然是雲四風了，但是雲四風又為什麼不在醫院中陪著穆秀珍？他何以又將車子駛得那樣地匆忙急促？

在不到半分鐘間，安妮已經得出了一個結論！有什麼意外發生了！是以她怪叫道：「蘭花姐！蘭花姐！四風哥來了！」

安妮一叫，木蘭花便從書房中走了出來。

那時，汽車門打開，雲四風也走了出來。

安妮忙叫道：「四風哥！」

可是雲四風卻像是未曾聽到一樣，他來到了鐵門之前，伸手扶著鐵門，看他的情形，像是要推開門來，但是卻又有些遲疑不決。

那時，木蘭花也已來到了陽臺上。

安妮忙道：「蘭花姐，你不覺得四風哥的神態很怪？我剛才大聲叫他，他……竟連望也不向我望上一下。」

木蘭花「嗯」地一聲，道：「是的。」

她們正說著，雲四風並沒有推門走進花園來，反倒轉過身，又拉開了車門。看他的樣子竟是準備離去，過門不入了！

木蘭花和安妮互望了一眼，木蘭花揚聲叫道：「四風，你可是來找我麼？今天我未曾到醫院去，秀珍的情形怎樣了？」

木蘭花一叫，雲四風才抬起了頭來。

木蘭花又叫道：「進來啊！」

雲四風還是猶豫了一下，才推門進來。

木蘭花也連忙推著安妮向下走去，在客廳中，他們和雲四風相遇，雲四風的神情，很有愁眉苦臉的樣子，坐在沙發上，一聲也不出。

木蘭花在他的對面坐了下來，微笑著問：「什麼事？」

雲四風嘆了一聲，道：「蘭花，秀珍她……」

他話講到了一半，卻又突然住了口，又嘆了一聲。

木蘭花揚了揚眉，那樣的情形發生在雲四風的身上，實在是太怪異了，木蘭花並不出聲問，只是等著。

過了好一會，才聽得雲四風道：「或許是我的心理作用，但是，唉。我很難說得出口，真的，我實在不知道該怎樣出口才好！」

木蘭花耐心地聽著，但是卻無法聽明白雲四風究竟想要講什麼，她還可以忍得住，但是安妮卻忍不住了，安妮大聲問道：「秀珍姐怎麼了？」

雲四風卻只是搖頭，忽然又站了起來，道：「沒有什麼，我走了，我……這幾天沒有去看高翔，他傷勢……好了沒有？」

「他好多了。」木蘭花揚著手。「你不必那麼心急就走，四風，你是什麼時候學會講話吞吞吐吐的，你究竟有什麼心事？」

木蘭花老實不客氣，開門見山地問著雲四風，雲四風的神情突然變得十分窘，他顯然是真的有什麼重大的心事，但是他卻急著掩飾。

只見他雙手一齊搖著，道：「沒有什麼，我沒有什麼！」他一面說，一面已向外走去。

但是安妮比他快了一步，安妮已控制著輪椅，來到門口，將他的去路攔住，大聲道：「四風哥，我們不是好朋友麼？」

雲四風的神情十分尷尬，道：「自然是。」

「那麼，你有什麼心事，為什麼不講？」安妮再問。

雲四風苦笑著，道：「安妮，我其實沒有什麼心事，你覺得我有心事麼？難道你以為我有心事？我其實沒有什麼！」

雲四風一再表示他並沒有什麼心事，這很令得安妮感到氣憤。

但是正當安妮想進一步責問他之際，木蘭花卻道：「別耽擱他的時間，安妮，四風是個忙人。」

雲四風忙道：「是，我還要回公司去！」

安妮讓了開來，雲四風幾乎像逃一樣地衝了出去，上了車，立時駛了開去。直到車子去遠了，木蘭花和安妮兩人仍留在門口。

安妮仰起了頭，問：「蘭花姐，這是怎麼一回事？」

木蘭花皺起了眉，道：「我也不明白，但是我想事情可能和秀珍有關，反正我們今天還未曾去看過她，現在去好不好？」

「好！」安妮立即答應著。

木蘭花推著安妮，向汽車走去，就在他們快要登上車子之際，又有一輛車駛到了鐵門前，汽車喇叭連響了五下，一個年輕人下了車，叫道：「安妮，蘭花姐！」

那年輕人正是雲五風。

雲五風本來是一個十分害羞的人，但自從和木蘭花他們熟了之後，他爽朗得多了。

這時候，他一面向木蘭花和安妮兩人揮著手，一面自車廂中拉出了一個很長的盒子來，又高興地叫道：「安妮，你看看，我為你帶來了什麼東西！」

木蘭花和安妮看到他那種高興的樣子，都笑了起來，安妮道：「你為我帶來了什麼？那是一個很大的洋娃娃，我猜對了嗎？」

雲五風已抱著那長形盒子走了進來，一面大搖其頭，道：「不，你完全弄錯了，絕不是洋娃娃，但你一定比得到洋娃娃更歡喜！」

安妮性急地道：「是什麼？快說！別賣關子！」

雲五風笑著，道：「我並沒有賣關子啊，但是總要等我走到你面前，才能向你們解釋啊，你看看，你一定會喜歡它！」

雲五風來到了安妮身前，放下盒子，打開了盒蓋。

放在盒中的，是一副拐杖！

安妮本來是滿面笑容的，但是當她一看到那副拐杖之後，她臉上的笑容突然僵住了！

看雲五風的情形，分明是準備安妮在看到了那副拐杖之後，發出一下高興的歡呼聲的，但現在安妮突然沒有了聲音，連笑也不笑，雲五風也不禁慌了手腳。

雲五風忙問：「怎麼？這，你不喜歡？」

安妮嘆了一聲，道：「你總念念不忘我是一個殘廢！」

雲五風急得搖著手，道：「我沒有這個意思，我絕沒有這個意思！」

木蘭花也道：「安妮，你錯怪人了，我看這副拐杖絕不是普通的拐杖，你看到了沒有，它的上部十分寬大，一定是動力的儲存部分！」

那副拐杖支在肋下那部分，是一個闊大的三角形，看來像是很累贅，和尋常的拐杖略有不同。

木蘭花那樣一說，雲五風才立即又道：「是啊，你看看清楚，那和普通的拐杖不同！」

安妮撇了撇嘴，道：「什麼不同，支著它，難道會飛？」

安妮說的是氣話，可是出乎她意料之外的是，雲五風立即道：「是的，支著它，你可以飛，當然不能飛得太高，但是能飛！」

安妮用不相信的神氣望著雲五風。

雲五風攤開手道：「其實道理很簡單，這一副拐杖，只不過有著如同個人飛行器一樣的裝置，按下掣，它就可以使你升空，然後可以控制著升空的速度到緩緩降落，還有，它的杖尖部分，你看，是一個可以滾動的圓球，你看到沒有？」

雲五風將拐杖取了起來，送到了安妮的面前。

安妮摸著那枚和乒乓球差不多大小，不繡鋼的圓球，道：「那又怎樣？」

雲五風道：「它會轉動，每分鐘可以轉動八百轉，它的直徑是一吋，你算算看，它一分鐘可以轉動多少？是兩百呎！」

安妮驚呼道：「每分鐘兩百呎，這是正常人步行的速度，你說我支著它，可以以每分鐘兩百呎的速度在路面上滑行？」

「是的，當然，開始的時候，在控制上要下一點工夫。就像學滑冰一樣，但是你一定很快就可以學得會的。」雲五風補充著。

「給我試試！」安妮高興地叫著。

雲五風將兩支拐杖全遞給她，安妮將拐杖支在脅下，人已離開了輪椅，拐杖恰好支住了她的身子，但是她的身子卻站不穩。

雲五風過去扶她，安妮卻叫道：「別扶我！」

雲五風笑著道：「你只管自己去跌跤，但是這副拐杖的性能，我卻要告訴你的，你看到那四個紅色的掣鈕沒有？千萬別去碰它，除非是在必要的時候，那是發射四種不同的武器的。當你按下黃色掣的時候，鋼球就會轉動，按下藍色掣，就會升空，按下白色的掣，它會節節升高，可以伸到十二呎，如果你跌倒時，按下黑色的掣，它會縮短，你再按白色的掣，就可以起身了，現在，你全明白了麼？」

「我全明白了！」安妮發出了歡樂的呼聲。

「那我放開手！」雲五風放開手，退了開去。

雲五風才一離開，安妮便心急地去按黃色的掣，可是她才一按下掣，身子便向後一仰，立時一跤跌在地上，哇呀叫了起來。

雲五風忙過去扶她，但是安妮倔強地道：「別來扶我，讓我自己起來，多跌幾跤，我就可以學得成了，你最好別在旁邊看我！」

木蘭花道：「五風，安妮說得對，讓她自己去練習，我們別去看她，五風，你來，我有幾句話要問你。」

雲五風看著安妮利用拐杖上的按鈕，又站定了身子，他才跟著木蘭花走向客廳，他才進門，只聽得安妮又一聲，第二次跌倒了！

木蘭花一進了客廳就問道：「五風，你最近可有見到四風？」

「只見過一次，我忙於製造那拐杖，所以——」

「你見他那次，是什麼時候？」

「昨天。」

「五風，」木蘭花的話說得十分緩慢，「昨天，你見到他的時候，可發覺他的神態和往日有何不同？他有和你說什麼特別的事沒有？」

雲五風一聽得木蘭花那樣問，忙道：「是的，我也正為他神情有異而覺得奇怪，他像是魂不守舍一樣，好幾次像是想對我說什麼，但卻又說不出來！」

「他終於沒有說？」

「沒有，我追問過他，但他說沒有什麼！」

木蘭花來回踱著步，道：「他剛才也來了，神情很怪異，吞吞吐吐地，像是有重大的心事，可是卻又不肯說出來，我想事情怕和秀珍有關！」

「他們吵嘴了？」雲五風問。

木蘭花笑了起來，道：「不會吧，他們結了婚之後，還沒有共同生活過，秀珍還一直在醫院中，怎會吵架？而且四風也不會和秀珍吵的。」

雲五風道：「那我就想不出為什麼了。」

木蘭花道：「如果你見到他，你不妨向他探探口氣，我和安妮去看秀珍，我想總是有原因，絕對不會是無緣無故的。」

雲五風點著頭，道：「好。」

這時候，安妮的歡笑聲也從花園中傳了過來。

木蘭花和雲五風連忙向窗外望去，只見安妮支著拐杖，在花園中滑來滑去，滑過了草地，衝向木蘭花所種的那一畦玫瑰花！

木蘭花忙叫道：「小心點！」

安妮高叫道：「我知道！」

隨著她的叫聲，她已靈活地轉了過來，身子恰好在那畦玫瑰花的邊緣掠過，向客廳衝來，來到了客廳的石階之前停了下來。

她的額上全是汗，顯然在那十幾分鐘中，她一秒鐘也未曾停息過，但是她已經學會怎樣控制那副拐杖了，她臉上高興的神色，也是前所未有的。

雲五風也高興地拍著手，道：「安妮，你學得真快，我還怕你沒有耐心學，而不要這副拐杖啦，安妮，你可以再利用它伸縮的性能上樓梯，進汽車，它可以代替你的雙腿。」

安妮高興得在嚷叫，道：「這真是最好的禮物了！」

木蘭花笑了起來，道：「好，就帶著最好的禮物讓秀珍看看，好令她也代你高興，五風，你到不到醫院去看秀珍？」

雲五風道：「不，我不去了，廠裡還有事！」

雲五風先告辭離去，木蘭花和安妮一起來到汽車旁邊，木蘭花打開了車門，安妮按下縮短掣，拐杖縮短，她的身子也矮了許多，然後，她提起右臂下的拐杖，撐進了車廂，她再按左臂下那大拐杖的升長掣，拐杖升長，將她送進了車廂中。

安妮的動作看來有些笨拙，但是誰都可以看得出來，只要多練習幾次的話，她一定可以變得極其純熟的了，而當安妮在車子中坐定之後，她的臉漲得通紅。

她的聲音極其激動，道：「蘭花姐，你知道麼，那是我第一次不要人抱著，而自己能夠坐進一輛汽車之中！」

木蘭花由衷地讚道：「那真是最好的禮物，安妮！」

安妮抱住那兩支拐杖，高興得甚至流出了眼淚。

木蘭花駕車離開了住所，三十分鐘之後，她們已來到了醫院，安妮不要木蘭花扶她，而且已利用那兩支拐杖，出了車子。

然後，她又控制著拐杖，經過了醫院門前的空地，上了石階。

當她滑過醫院的走廊之際，每一個人都用好奇的眼光打量著她，安妮恨不得能對每一個人大聲高叫，告訴每一個人，她的拐杖不但可以使她在地上自在滑行，而且還可以飛上半空！

她們很快來到了穆秀珍的病房之前，病房的門緊閉著，木蘭花在門上輕輕敲了兩下，便握住了門柄，要推門走進去。

可是當她轉動門柄的時候，卻發現房門鎖著！

木蘭花忙叫著：「秀珍！秀珍！」

只聽得穆秀珍在裡面應著，道：「來了！」

房門立時打開，穆秀珍站在門口，安妮忍不住心中的喜悅，高叫道：「秀珍姐，你看，我多了什麼？」

穆秀珍笑著，望定了安妮，卻反問道：「多了什麼啊？」

安妮一呆，道：「你看不出來？」

穆秀珍搖著頭，表示真的不知道。

安妮笑著道：「秀珍姐，你一定是在逗我高興，你看，是五風哥才送給我的拐杖，比以前的幾張輪椅都好得多了！」

穆秀珍揚著眉，道：「是麼？」

她的話才出口，安妮已經滑進了病房。

穆秀珍叫道：「真太奇妙了！」

木蘭花忙關上了房門，道：「好了！好了！這是清靜的地方，可是供你們來大呼小叫的麼！秀珍，你覺得怎麼樣了？」

「我明天就可以出院了，已有姚雄的消息沒有？」

「還沒有，他可能逃遠了。」

「唉，」穆秀珍嘆一聲，「真是美中不足。」

「別去想他，姚雄經過了這一次慘敗，只怕以後也不敢再犯罪了。」木蘭花安慰著穆秀珍，「而且，那只是一件意外！」

「雖然是意外，可是卻給那大奸賊逃過了法網！」穆秀珍握著拳，憤憤地說著，「我離開醫院之後，一定還要去找他！」

木蘭花呆了起來，道：「那等你離開了醫院再說。」

進了病房之後，一直在病房中滑來滑去的安妮，直到此際才停了下來，道：「秀珍姐，我和你一起去，我現在可以活動自如了！」

穆秀珍笑了起來，道：「你快成機器人了！」

安妮得意地道：「自然，我會比普通人行動靈活！」

木蘭花握住了穆秀珍的手，一起在床沿坐了下來，道：「秀珍，我看四風好像有些心事，他究竟有什麼心事，你可以告訴我麼？」

穆秀珍一呆，道：「他有心事？」

木蘭花道：「是啊，你難道不知道？」

穆秀珍皺起了雙眉，她搖著頭，道：「我不知道，他從來也沒有對我說起過，今早上，他還來看過我，是了，我也覺出他有些異樣。」

「你覺得他怎樣？」

「他……好像有點心神不屬。」穆秀珍回答。

「對了，他一定心中有著難題，你是他的妻子，或許他不願告訴別人，但是他一定願意告訴你，你得設法幫助他才是。」

穆秀珍點著頭，道：「我明白了。」

木蘭花和安妮在病房中，一直逗留到了醫生來檢查。醫生走了之後不久，雲四風就來了，雲四風一進來，就說：「秀珍，我剛才碰到醫生，他說你明天就可以出院了！」

「那太好了！」穆秀珍叫了起來。

雲四風卻神色很特別，道：「別叫嚷，其他的病人要抗議了！」

穆秀珍伸了伸舌頭，木蘭花向安妮使個眼色，她們一起離開了病房。

雲四風走出來，拍著安妮的拐杖，道：「那真不錯，是不是？」

「太奇妙了！」安妮高興地回答。

木蘭花和安妮回到了家中，安妮一整天練習那兩支拐杖來做各種動作，到了晚上，她已經可以自己做很多事情了！

第二天早上，仍然陽光普照，木蘭花一早就接到了穆秀珍的電話，穆秀珍在電話中愉快地道：「蘭花姐，我已出院了！」

木蘭花忙道：「噢，你現在在什麼地方？」

「在家中。」穆秀珍回答。

木蘭花知道穆秀珍所謂「在家中」，是指她和雲四風的新居，木蘭花又問道：

「昨天我和你說及四風的事，他對你怎麼說？」

穆秀珍的聲音突然變得十分低沉，她道：「蘭花姐，事情怪極了，我問他，為什麼心神恍惚，總像是有心事一樣，但是他卻不肯說，而且我覺得……我覺得他好像變了，今天我們一起從醫院回到家中，他一點也不高興，他甚至不肯吻我一下！」

木蘭花的雙眉蹙得十分緊。當穆秀珍被姚雄利用潛艇綁架失蹤之後，雲四風那種焦急得近乎癲瘋的情形，只是幾天前的事，還歷歷在目，如果說雲四風和穆秀珍之間的感情已起了變化，那實在是不可能的事，但是穆秀珍的話，卻又在強烈暗示著雲四風對她的冷淡！

木蘭花實在想不出什麼原因來，她只好道：「或者他這幾天心情不大愉快，你是他妻子，要遷就他一些，別和他爭執。」

「我才不和他爭執呢！」穆秀珍像是很委曲。

木蘭花又安慰了她幾句，才放下了電話。

在那一天的時間中，木蘭花從各方面去瞭解雲四風近幾日來的情形，她發現雲四風的業務很正常，沒有值得擔心的事，木蘭花還以為那是偶然的情緒波動，是以也沒有再將這件事放在心上。

又是三天過去了。

在那三天中，安妮已將兩支拐杖練得十分純熟，要走就走，要停就停了，木蘭花每天和穆秀珍通一次電話，也沒有說什麼別的事。

第三天傍晚，雲四風又來了。

雲四風坐下之後不久，高翔也來了，高翔肩上的槍傷已好了一大半。

高翔進來的時候，雲四風正坐在沙發上，一言不發。

高翔和雲四風已有好久未見面了，高翔一走進來，便用力在雲四風的肩頭上拍了一下，笑道：「秀珍呢？她躲在什麼地方？」

雲四風苦笑了一下，道：「她沒有來。」

高翔看到了雲四風那神情，呆了一呆，道：「四風，怎麼一回事？為什麼愁眉苦臉的？可是秀珍欺負你？哈哈，看看你耳朵有沒有被拉長了！」

雲四風嘆了一聲道：「高翔，別開玩笑了！」

高翔又呆了一呆，望了望木蘭花和安妮，然後退開了幾步，打量著雲四風，他的心中，實在是莫名其妙，是以他大聲問：「究竟怎麼一回事？」

木蘭花正色道：「我也不知道，可問四風自己，不是自今天開始的，我看，四風對他的婚姻生活好像不怎麼滿意！」

雲四風聽得木蘭花那樣說，竟然不加反駁，只是苦笑！

高翔陡地吸了一口氣，有點生氣，道：「四風，有那樣的事，這是什麼話？你們結婚還不到一個月，秀珍有什麼不好？」

雲四風臉上的神情十分痛苦，道：「你們別激動，我……唉，我自己也不知道為了什麼……我對秀珍，竟……像是……沒有什麼感情……」

雲四風的話還沒有說完，安妮的臉已氣得煞白，她大聲道：「胡說！」

木蘭花揚了揚手，阻止安妮再講下去。

木蘭花的臉容十分嚴肅，道：「四風，你那樣說是什麼意思？這絕不是開玩笑的事情，我認為你應該講得明白一些才好。」

雲四風捧著頭，道：「就算我說出來，你們也不會相信的，你們一定不信，但是那卻是事實，我幾次想說都沒有說，就是因為怕你們不信。」

「不要緊，你說。」木蘭花鼓勵著他。

雲四風的面色變得很蒼白，他道：「秀珍她……她想毒死我！」

雲四風這句話一出口，木蘭花、安妮和高翔三人幾乎不能相信自己的耳朵，他們立時相互望了一眼，從各人的神情中，他們看出別人的神情和自己一樣怪異，當然也是因為聽到了那幾乎不能令人相信的話，也證明他們自己沒有聽錯。

木蘭花深深吸了一口氣，高翔做了一個十分滑稽的神情，安妮和穆秀珍的感情最好，她叫了起來，道：「這是最無恥的誣陷！」

雲四風苦笑著，道：「我知道你們是不會相信的，但那卻是事實，在穆秀珍進了醫院之後的第二天起，我就感到異樣的心跳和失眠，我的身體一直十分健康，從來也沒有那種現象的——」

安妮大怒道：「你自己不舒服，怎可以胡說八道的？」

「安妮，聽他講下去！」木蘭花沉聲吩咐。

雲四風又苦笑著，道：「我到醫生處去檢查，醫生說那是早期心臟病的徵象，叫我作全身檢查，我的心臟一直十分健康，檢查的結果也是如此，可是我的血液卻有卡伯尼的陰性反應——」

高翔插嘴道：「那是什麼意思？」

木蘭花道：「那表示血液之中含有一種有毒的機體，人體的組織正在努力將之排出體外的反應，是不是，四風？」

雲四風點頭道：「是，醫生說我一定連續服食過一種植物鹼性的毒藥，如果不停止服食那種毒藥的話，就會死亡，而死亡的跡象，和心臟病發一樣！」

安妮雙手用力掩住了耳，道：「我不要聽，我不要聽！」

高翔和木蘭花也感到此際雲四風所說的話，是他們一生之中所聽到過的最最荒謬的話了，但他們仍是耐心聽下去。

雲四風雖然也知道他所說的一切，不容易為人所接受，是以他講到這裡時，停了下來，道：「你們若是不要我再講下去的話……」

高翔叉著手，望著雲四風。

雲四風是他的好朋友，但這時他望著雲四風的時候，面上卻帶著十分惋惜的神情，他道：「說下去！」

2 恐懼被害症

雲四風續道：「我自己知道，絕沒有服食過那種毒物，於是我小心起來，因為那顯然是有人在害我，我問醫生要了檢定鹼性毒物的試紙，不論在吃什麼東西之前，我都試上一試，但所有的食物都是沒有毒性的，直到那天早上在醫院中，我無意中打翻了一杯牛奶——」

「什麼牛奶？」木蘭花問。

「在醫院中，我每天一早去探病，秀珍一定已準備好一杯牛奶給我喝，我打翻的就是那杯牛奶，牛奶濺濕了我的襯衫，也浸濕了我放在襯衫口袋中的試紙，試紙變了顏色，證明那杯牛奶是有毒的，我沒有說什麼，立時到你們這裡來，但是我卻沒有說出來，因為那實在太荒謬了，秀珍想毒死我！」

木蘭花緩緩地道：「你應該知道，那是絕對荒謬的。」

雲四風的臉色立時變得十分難看，他道：「如果你們不想聽，或是聽了根本不信的話，那麼我……我可以不說下去。」

高翔大聲道：「四風，你別要求得太過分，你想怎樣？你想你一提出控訴，我們就該毫無疑問相信你，秀珍是謀殺親夫的凶手？」

雲四風道：「我……自然不能強迫你們相信，但是接下來發生的事，我卻必須對你們講清楚，不管你們是信還是不信。」

木蘭花道：「好的，你說吧！」

雲四風道：「我那天終於什麼也沒有說，是因為我怕試紙不一定正確，我帶著試紙，先到這裡來，結果我是什麼也沒有說就離去的。」

「是，你離去之後呢？」木蘭花問。

「到醫生那裡，告訴醫生我已試到了我體內鹼性毒物的來源，但是我卻不信會有那樣的事，我說我不信試紙試驗的結果，醫生笑著，他告訴我可以弄一些有毒牛奶的樣品來，結果，第二天，我趁秀珍不覺，弄了一點牛奶去化驗——」

雲四風講到這裡，苦笑了一下，才繼續道：「化驗報告證明，這種鹼性毒物和煙鹼相類似，只要有一ＣＣ，就可以使人的心臟因為麻痹而停止活動，我每日所服的劑量極少，但如果長期服食的話，在兩個月之後，我一樣會因為『心臟病』而逝世！」

雲四風講到這裡，停了下來。

他望著各人，這時，木蘭花、安妮、和高翔三人都寒著臉，一點表情也沒有。

雲四風痛苦地搖著頭，道：「你們不會信的，我說也是白說！」

他站了起來，向門外衝去，高翔卻一伸手，想將他拉住，卻不料雲四風用力一掙，叫道：「別碰我，你們誰也別碰我！」

高翔料不到他在突然之間會發出那麼嚴厲的呼喝，是以連忙縮回了手，而就在高翔縮回手來間，雲四風已衝了出去！

高翔忙向木蘭花望去，木蘭花低聲道：「讓他去！」

高翔攤著手，道：「蘭花，你想想，那不是太荒謬了麼？秀珍愛四風，我們全知道的，現在四風竟指控秀珍要毒他！」

「太無恥了！」安妮憤然說著。

安妮是很少那樣動怒的，她就算生氣，也至多面色蒼白，不出聲而已，但是此際，她兩頰都因為憤怒而通紅，咬牙切齒的罵著。

穆秀珍和安妮的感情最好，也難怪安妮聽到了雲四風的話會變得如此之憤怒，她又厲聲道：「他……秀珍姐嫁錯了人！」

木蘭花揚了揚手，向外看去。

雲四風已駕著車走了，木蘭花轉回頭來，道：「我們不妨冷靜些，來想一想這件事——」

木蘭花的話還未曾講完，安妮已經道：「有什麼可想的。」

「冷靜些！」木蘭花沉聲道：「頭腦如果不冷靜，即使對簡單的事情也會喪失判斷力的，安妮，如果你不冷靜下來，我就什麼也不說。」

安妮鼓著氣不出聲，足足過了三分鐘之久。她面上的紅色才漸漸地消退，她的聲音也平靜了許多，道：「蘭花姐，你想說什麼？」

木蘭花的神情非常嚴肅，道：「高翔，安妮，這件事十分嚴重。它和我們最親密的兩個人有關，我們自然得好好研究一下！」

安妮立即想說什麼，但是卻忍了下來。

木蘭花道：「第一，我們得承認，雲四風這幾天行動失常，精神恍惚，大異常日。我這樣說，你們兩人是不是同意？」

高翔和安妮兩人都點著頭。

但是安妮道：「他可以假裝出來的。」

「是！」木蘭花立時說：「肯定了第一點，可以得出兩個假定：A，他是假裝出來的；B，他是真的。由A的假定，我們得出一個問題：他的目的是什麼？由B的假定，我們也得出一個問題：究竟是什麼事情在困擾著他，使他大異常態？」

木蘭花此際說話的語氣，十分嚴肅，她所說的話，也完全是受過極嚴格的邏輯訓練的人，才能分析得出來的正宗推理方法。

木蘭花又道：「雲四風列舉了醫生化驗的結果，聽來他說的好像是事實，但是毒牛奶等等，都可以是他先安排好的。」

安妮大聲贊成，道：「對！」

高翔點頭道：「那是很容易的事。」

木蘭花吸了一口氣，道：「由於我們根本不相信秀珍可能會對他下毒，因此我們對他的話又要作一番研究。那也可以得出兩個假定：A，他是故意捏造的；B，是他心理上的確有著那樣的恐懼。」

木蘭花略頓了一頓，才又道：「有一種人，心理上會產生一種恐懼症，終日疑神疑鬼，疑心人家會害他，雲四風因秀珍的失蹤而受了刺激，可能染上了這種精神症。」

高翔苦笑著，道：「蘭花，精神上患有恐懼被害症的人，不是什麼出奇的事。嚴重的精神衰弱症就會有那樣的結果，但是精神病患者的一切被害，只是病者的虛擬，病者以為有人拿刀要殺他，事實上是沒有這樣的人，也沒有那樣的刀的。可是，現在雲四風卻有毒牛奶化驗的結果！」

木蘭花緩緩地道：「所以，推斷的結果，一切全是雲四風故意捏造出來的？」

高翔和安妮齊聲道：「那是唯一正確的推斷。」

木蘭花道：「好，現在問題來了，他目的是什麼？」

安妮立時道：「他要我們相信，秀珍姐想害死他！」

木蘭花苦笑了一下，道：「乍一看來，自然是那樣，但如果想深一層的話，就可知事情不會那樣，試想，他講的話，誰會信？」

「自然誰也不信。」安妮鼓著嘴。

「既然誰都不會信，雲四風自己也應該知道，可是他還是要說，那就證明他說那番話，並不是要我們信，而是另有作用的！」

高翔道：「說不定那是他要做什麼事的一種藉口。」

木蘭花道：「現在還不詳細，高翔，從今天起，你負責去監視雲四風的行動，別讓他知道，將他的行動全記錄下來，有可能的話，最好用錄相拍攝下來，你要親自去做這件事，不要假手他人，也不能對任何人提起這件事來。」

高翔忙道：「是！」

木蘭花又來回走了兩步，道：「我和安妮去看秀珍，秀珍可能知道四風究竟有什麼心事，或是有什麼目的，我們分頭去進行。」

安妮忙道：「好，我還想去陪著秀珍姐，只怕不是秀珍姐要害他，而是他要害秀珍姐，所以，先說這樣的話來打底！」

高翔和木蘭花兩人都呆了一呆。安妮所說的雖然是氣話，但卻也不是沒有理由的！

但是，他們又立時苦笑了起來。

他們和雲四風相識不是一朝一夕了，雲四風對穆秀珍的愛情，可以說是絕對不容懷疑的！說雲四風會害穆秀珍，那和說穆秀珍會害雲四風並沒有什麼不同，一樣無稽！

他們三人分別了上了車，高翔回警局去，將他日常的工作交代給他的助手，他和方局長表示有重要的事，要離開工作崗位幾天，方局長立時應允。

而木蘭花和安妮則驅車向穆秀珍的新居駛去。

穆秀珍的新居在一個綠草如茵的山坡上，美麗而又幽靜，各種各樣的花朵，圍著一幢淺色的小洋房，簡直如同人間仙境一樣。

木蘭花的車子才一駛上山坡的斜道，便看到穆秀珍自屋中跳了出來，揚著手，叫道：「蘭花姐，安妮，你們終於來了！」

車子停下，穆秀珍伸出手來抱安妮。

安妮忙道：「秀珍姐，我現在有伸縮拐杖，可以不用人家抱進抱出了，秀珍姐，你別生氣。我告訴你一件十分氣人的事。」

木蘭花忙道：「安妮！」

安妮卻不理會，道：「蘭花姐，這件事總不成瞞著秀珍姐，我一定要講給她聽，秀珍姐，四風……哥說你要害他！」

安妮在說「四風哥」的時候，那一個「哥」字，已經說得十分勉強了。

穆秀珍一怔，道：「害他，什麼意思？」

安妮出了車廂，氣沖沖地道：「他說你要毒死他，在他每天早上喝的那杯牛奶中，下了什麼鹼性的毒藥，如果他一直喝下去，不消三個月就會死去，而且死得如心臟病突發而死，一點跡象也看不出來，他說，你是在用這個方法謀殺他！」

穆秀珍的面色變得十分難看，道：「安妮，別開玩笑！」

木蘭花也出了車，她苦笑了一下，道：「秀珍，你別難過，安妮不是開玩笑，四風剛才到我們這裡來，他的確那樣說。」

穆秀珍張開了手，想說又沒有說出來，她揮著手，轉過身去，才道：「蘭花姐，這……不是太滑稽了麼？他為什麼要那樣說？」

「我們也不知道，我已經叫高翔去跟蹤他，留意他的每一個行動了。」木蘭花道：「他那樣說，一定有原因的！」

穆秀珍苦笑著，道：「他這幾天魂不守舍，好像是有點不正常，但是卻也料不到竟然那樣嚴重。唉，他怎會懷疑起我來的呢？」

安妮口快，道：「秀珍姐，他不是懷疑你，他說他拿你給他喝的牛奶去化驗過，牛奶中的確含有那種毒物，三個月之後，可以致人於死！」

穆秀珍的面色，變得更難看，道：「我去責問他！」

木蘭花忙道：「秀珍，你暫時不可在他面前表示你已知道了這件事，因為我們還不知道他究竟懷了什麼目的，或許他就是要引你和他吵一場！」

穆秀珍的臉色急得十分蒼白，道：「蘭花姐，你是說他對我在感情上已有了變化，那怎麼可能，我們結婚還不到半個月！」

穆秀珍一面說，一面伏在木蘭花的肩頭上便哭了起來。

木蘭花忙道：「秀珍，別哭，別哭，你老實告訴我，這些日子來，他待你怎樣？」

穆秀珍道：「我在醫院中的時候，他對我還好，回家之後，他好像對我很生疏，他……甚至一直是睡在書房之中的！」

木蘭花扶住了穆秀珍的肩頭，道：「有那樣的事？」

穆秀珍含著淚，點了點頭。

木蘭花的雙眉蹙得極緊，在她的眉心之中，好像是打了一個結，她不住地道：「太奇怪了，真太怪了，為什麼會那樣呢？」

「我也不知為什麼。」穆秀珍抹著眼淚。

木蘭花在草地上來回走著，她踱到了一個噴水池前停了下來。幾股噴泉在她的面前，灑出萬千水珠，池中的十幾尾金魚，一看到人影，都游了近來。

木蘭花是一個有著十分慎密的思考能力的人，不論是什麼茫無頭緒的事，她都可以從一團亂麻中，理出一個頭緒來的。而且，即使事情沒有頭緒，她多少也可以知道一些前因後果，然而像如今這樣的，幾乎接近不可能的怪事，她卻從來也未曾遇到過！

是以不論她怎樣想，她卻想不出半點道理來！

她在水柱邊足足站了十多分鐘，才轉過身來，她的眉心仍然打著結，道：「秀珍，你要聽我的話，切不可在他的面前提起這件事來。」

穆秀珍點頭道：「好。」

安妮道：「蘭花姐，剛才我和秀珍姐商量，既然雲四風那樣荒謬，不如叫秀珍回家來住上一個時期，你看好不好？」

木蘭花剛在想，那倒不失是一個辦法，但是穆秀珍卻已反對道：「那不好，我和四風才結婚，就分開來住，豈不成了笑話？」

木蘭花點頭道：「你說得是，你得多注意他一點，他的行動很不正常，他或者會有一些不正常的事做出來，你要小心應付！」

穆秀珍苦笑著，道：「我知道了！」

木蘭花又坐了一會，便和安妮告辭離去，穆秀珍目送他們上了車，駛向斜路，才回到了屋子中，木蘭花在車中，一句話也沒有說。

車子轉進了通向她住所的公路，那條公路平坦而直，木蘭花將車子的速度提高了些，她駛進了公路中沒多久，安妮便道：「蘭花姐，後面有一輛車在追我們！」

木蘭花抬眼向倒後鏡看去，一輛銀灰色的大房車，正以相當高的速度駛了過來，木蘭花因為一面駕車，一面仍然在思索著，所以她剛才並沒有注意。

這時，車子離她已不過三五十碼了，為了證明那車子究竟是不是為了對付她們的，木蘭花踏下油門，車子的速度登時快了一倍！

木蘭花的車子，已到了每小時八十哩的高速！

那輛銀灰色的大車，在開始的半分鐘之內，已被遠遠拋離，但是，它卻立即追了上來，那輛大車正是在追蹤她們的！

安妮忙道：「怎樣對付他們，蘭花姐？」

木蘭花道：「那太容易了！」

她說著，突然之間扭轉了駕駛盤，車子陡地向路邊轉去，貼著路邊的峭壁停了下來，木蘭花的車子是突如其來停下的，那輛銀灰色的大房車，在她們的車邊疾掠了過去，木蘭花急叫道：「俯身！」

她和安妮一齊伏下身來，一陣颼颼的聲響自銀色大車中發出，許多小箭射進了車廂中，插在車椅的背上，如果她們不是伏得及時，早被射中了！

安妮怒叫了一聲，立時揚起身來，那輛大車已在前面停了下來，只見四個人下了車，向前疾奔了過來，木蘭花忙道：「先射他們的車子！」

安妮伸出了拐杖，按下了第一枚紅色的掣，一枚小型火箭帶起尖銳之極的呼嘯聲，向前以極高的速度射了出去！

幾乎是立即地，一聲巨響，火焰和濃煙一起衝向半空，那輛車子已爆炸了起來，車子的碎片，像泥灰一樣飄向半空！

那四個人在路邊停了一停，其中一個向木蘭花的車子連放了三槍，其餘三個，轉身便逃，逃下了路邊的懸崖。木蘭花已推開車門，滾了出去。

她在路上伏著身，向前衝著，在那第四個人也想逃下懸崖之際，一縱身子撲了上去，那人轉身待發槍時，木蘭花的一掌已砍中了他的手腕！

那人手中的槍立時「啪」地一聲跌到了地上，木蘭花撲到了他的身上，膝蓋已重重地頂在那人的胸口，令得那人仰翻在地上。木蘭花一伸腳踏住了那人。

那時，安妮也出了汽車中，她來到路邊，向懸崖的樹叢中連放了十來槍，她那樣亂放槍，自然是擊不中任何人的。

但是她心中實在太氣悶了，震動山谷的槍聲，多少可以令得她減少一些心中的氣悶，槍聲令得幾輛過往的車子，一起停了下來。

空曠地方的槍聲可以傳得十分遠，不一會，就聽到了警車嗚嗚的響號聲傳了過來，木蘭花鬆開了腳，喝道：「起來。」

給木蘭花制服的，是一個二十來歲的長頭髮年輕人，一看他那種慘灰色的臉色，就可以知道他是一個吸毒犯，一個犯罪者。

木蘭花冷冷地道：「你是什麼人？」

那人閉著嘴不肯說，木蘭花冷笑著，也沒有再追問下去，因為對木蘭花而言，在駕車回家的半途中，被人襲擊，實在是太平常了！

警車立時趕到，五六名警員，由一名警官率領著，跳下了車，向前奔來，那警官一看到了木蘭花，便立時立正，行了一個敬禮。

木蘭花忙道：「別客氣，這人還有三個同黨，他們駕車追過我的車，用箭襲擊我，我想箭上多半是有毒的，你們可以取去化驗。」

「是！」警官立時答應著，指揮警員去取箭。

木蘭花又道：「你將這人帶回去之後，如果問出是誰主使的，請打電話告訴我一下，好叫我也有一個提防，免得遭了暗算。」

「自然，自然！」警官回答著。

木蘭花抱歉地一笑，道：「發生了這樣的事，照例我是要到警局去的，但我有事，不能去，是不是一樣可以落案？」

那警官笑了起來，道：「蘭花小姐，你的守法精神真令人佩服，你當然可以不必去，你剛才的話，我會代你記錄下來的。」

木蘭花微笑著，道：「謝謝你！」

她和安妮回到了自己的車子之旁，警員已將車椅背上的小箭，一起拔了出來，她們兩人上車，不一會，便已到了家中。

一回到家中，木蘭花便進了書房，她在書架上找了許多有關精神分裂病態的書來，細細地翻閱著，可是她眉心的結，卻一直未曾解開。

安妮則在廚房中弄著午餐，等到午餐擺出來，安妮叫木蘭花下來時，一輛警車已在她的門前停了下來，兩名警官押著一個人走下來。

木蘭花和安妮向外望去，一眼便認出那人正是剛才在路上襲擊她們的四個人的中的一個，木蘭花按下了掣，鐵門自動打開。

木蘭花走到了門口，那兩個警官也押著那人走了進來，兩個警官一起向木蘭花行敬禮，一個道：「蘭花小姐，我們已問出了行凶的主使人。」

木蘭花有點不以為然，道：「你們打電話告訴我就可以了。」

那警官沉聲道：「可是我們覺得事情有點不尋常，所以才將他帶到你這裡來的——」

那警官推著那人，喝道：「你說！」

那人還十分倔強，道：「她又不是警方人員，我為什麼要對她說，哼！」

木蘭花忙道：「怎麼一回事，你們請說。」

那警官道：「我們將他帶回警署去，就問他是誰主使的，他起先賴說不知道，後來才說，主使他的人，是用電話和他們聯絡的，他只知道那人的一個電話號碼，我們問出了那個電話號碼，在有關方面查了一下，查到了那號碼的主人。」

「那是誰？」木蘭花連忙問。

那警官先苦笑了一下，才道：「蘭花小姐，是你的妹夫，雲氏企業集團董事長，雲四風辦公室中的私人電話，所以我們才……」

那警官才講到這裡，木蘭花和安妮兩人已面上變色！

木蘭花立時向那人道：「你胡說！」

那人道：「我胡說什麼？那人給我的電話號碼，我怎知道他是誰？我只知他給我們錢，派我們做事，只知他的電話號碼是三六三—四七八四！」

木蘭花陡地一呆，道：「什麼號碼？」

「三六三—四七八四！」

木蘭花真正呆住了！

那真是不可能的，但是那人卻又的確說出了雲四風私人辦公室中，最秘密的一個私人電話，知道那電話號碼的人，只怕不超過十人！

那個私人電話，在抽屜之內，它的號碼，連雲四風的三個女秘書也不知道，那是專用來收聽最機密的事情的，除了木蘭花他們幾個人之外，怕只有雲家幾兄弟知道，但是那樣秘密的一個電話號碼，卻自一個毫不相干的人口中講了出來！

那麼，那電話號碼真是雲四風告訴他的了？

那麼，她們的襲擊，是雲四風主使的了？

木蘭花的心中，實是亂到了極點，她的心中不知問了自己多少次：那怎麼可能？那怎麼可能，但是事實卻又擺在眼前！

木蘭花呆了好幾分鐘，才問道：「他是怎麼和你聯絡上的？」

「我不知道，是我朋友告訴我，有人願意出錢雇我們做事，事成之後，向他報告，就用這個電話號碼，其餘我什麼也不知道。」

那警官道：「還有，蘭花小姐，那些箭上全有劇毒，射中之後，在十分鐘之內，整個循環系統就會遭受到嚴重的破壞，會導致死亡！」

木蘭花深深地吸了一口氣。

她實在沒有什麼好說的了，她的心中亂到了極點，事實擺在他面前，不容得她不信，那事實便是：雲四風要害死她和安妮！

木蘭花的心中其實還是不願意相信那會是事實，要不然，她心也不會那麼亂了。她沉聲道：「警官，這件事能不能請你暫時保守秘密？」

「當然可以。」那警官回答。

「謝謝你，你們可以將那人帶回去了。」

兩位警官又向木蘭花行禮，押著那人向門口走去。

到了門口，其中一個警官回過頭來，道：「蘭花小姐，知人知面不知心，你要小心提防啊！」

木蘭花根本無法回答那警官的話！

她只是苦笑著，在沙發上坐了下來，心情繚亂得甚至沒有送那兩位警官出去，她喃喃自語，道：「知人知而不知心……」

安妮來到了木蘭花的身邊，道：「蘭花姐，事情明白了！」

木蘭花抬起頭來，道：「安妮，你能相信四風會派人來暗殺我們？」

安妮呆了一呆，雖然在雲四風說穆秀珍要毒害他之後，安妮對雲四風的印象已惡劣到了無以復加，但是木蘭花的問題，她還是很難回答。

她頓了一頓，道：「可是那電話號碼——」

木蘭花嘆著氣，道：「那電話號碼，唉，那電話號碼。」

木蘭花疾跳了起來，道：「安妮，撥那電話號碼，打電話給雲四風！」

安妮忙來到電話邊，撥了那電話號碼，木蘭花接過電話，一等電話有人接聽。她就裝著男人的聲音道：「不行了，沒有成功。」

電話那邊傳來了雲四風不耐煩的聲音，道：「誰，你是誰，你打錯電話了！」

木蘭花道：「不，先生，我們一個兄弟落了網，他知道你的電話號碼，他會供出來的，我看你還是要小心一些的好！」

「混帳！」雲四風罵了起來，「我不知你在說些什麼！」接著「啪」地一聲，電話掛上了。

木蘭花緩緩地放下了電話。

安妮在分機中已聽到了全部對話，她道：「蘭花姐，可能那逃走的三個人中，早已有人打了電話給他，所以他才準備好了掩飾的話的。」

木蘭花點著頭，安妮的分析十分有理，但是木蘭花卻又搖著頭，因為安妮的分析，是以雲四風想殺害她們作為大前提的，而木蘭花卻絕不願相信那是事實。

木蘭花雙手捧住了頭，呆呆地思索著。

她可以說是踏進了一個極度混亂的思潮之中，她也像是走進了一個難以掙脫的惡夢之中，在她的眼前，是無數光怪陸離的幻象。

她不願相信那些事，但是那些事卻又有著真憑實據的佐證，放在她的面前，逼得她非相信不可，她覺得自己迷失了！

在思路上迷失，那是木蘭花從來也未曾有過的事！

過了好久，木蘭花才嘆了一聲，她混亂的腦子一樣那麼混亂，她坐到了飯桌旁，將食物送進口中，事實上，她根本不知自己在做些什麼！

木蘭花匆匆地吃完，又將自己關在書房中，安妮好幾次推開門，看到木蘭花仍然在埋頭查看著那些精神病症的書籍。

安妮忍不住嘆了一聲，道：「蘭花姐，他不是生病！」

木蘭花抬起頭來，道：「安妮，那是唯一的解釋了，他若是患了極端嚴重的恐懼症，幻想人家要害他，那他就會對別人先下手為強。」

安妮道：「他幻想我們要害他？」

「有可能的，他不是說秀珍要毒死他麼？」

「唉，」安妮嘆了一聲，「秀珍姐真倒楣！」

木蘭花心中也著實代穆秀珍難過。

3 人心難測

就在這時，電話響了。

安妮拿起電話，就聽到了高翔十分緊張的聲音，道：「蘭花，我跟蹤雲四風到了一個私人俱樂部中，唉，我真不信自己的眼睛！」

木蘭花忙問：「怎麼了？」

高翔卻道：「我遲些再向你報告！」

木蘭花放下電話，只是苦笑！

安妮忙道：「蘭花姐，高翔哥發現了什麼？」

木蘭花皺起了眉，道：「很奇怪，高翔從來不是那樣的人，可是他剛才在電話中說，他看到了幾乎令人難以相信的事！」

「那究竟是什麼事啊？」安妮著急起來。

「他沒有說，他說再向我報告，我想他所看到的事情，一定是真正出乎意料之外的，可是我實在不明白雲四風在做什麼！」

木蘭花講完了之後，還深深嘆了一聲。

安妮立即緊張了起來，她最關心穆秀珍，是以，她立即問道：「蘭花姐，你看是不是雲四風和什麼人在商量害秀珍姐？」

木蘭花突然轉過身來，瞪視著安妮，道：「安妮，在這件事情中，我和你的看法，有著根本上的不同，你有沒有覺察？」

安妮咬著指甲，道：「我知道，你還是那句話，說雲四風會害秀珍姐，就像說秀珍姐會害雲四風一樣，是十分滑稽的事！」

木蘭花點頭道：「是的，因為我相信他們兩人的愛情是真誠的，你怎能懷疑一對真誠相愛的人，在結婚之後會互相陷害？」

安妮冷笑著，道：「可是事實上——」

木蘭花立即打斷了安妮的話頭，道：「安妮，你要注意一件事，便是，到如今為止，幾乎還沒有什麼是事實，我們根本沒有掌握什麼事實！」

安妮瞪大著眼，無話可說了。

因為木蘭花說得對，到如今為止，她們根本對這件事還沒有掌握到什麼事實！她們只是覺得雲四風精神恍惚，而雲四風告訴她們，穆秀珍想害他，除了這兩點之外，並沒有什麼事實可以證明雲四風想害穆秀珍，一切只是透著無比的古怪而已！

安妮呆了半晌，仍然沉不住氣地道：「我想高翔哥哥一定發現了什麼，要不然，他決計不會激動到打那樣的電話來的。」

木蘭花沒有再和安妮討論下去，她只是來回地踱著，她的眉心緊緊地打著結，可是她一直是在苦苦思索著，但是她卻始終找不出一個適當的頭緒來！

是什麼原因，使得雲四風變得那樣怪異的？

如果說因為穆秀珍曾落入歹徒手中，使他受了刺激，那是說不通的，一則，雲四風對穆秀珍感情雖濃，但也決不是脆弱到受不起打擊的人；二則，就算他受了打擊，穆秀珍已然回來了，何以他還是那樣，而且變本加厲，甚至不和穆秀珍親熱？

雲四風的心中有著什麼難言之隱？

木蘭花覺得那實在是問題的癥結，而木蘭花早已想到了這一點，她知道要尋求事實的真相，一定要從探索雲四風的秘密著手。

所以，她才命高翔二十四小時不停地跟蹤雲四風的。

從高翔的話聽來，他一定已發現了什麼，從高翔發現的情況中，或者可以找出才做了新郎的雲四風，何以變得如此怪異的原因來。

木蘭花心中在想著，但願如此！

她和安妮一直等高翔進一步的消息，可是高翔卻一直沒有電話打來，等到高翔又有消息帶來時，已是第二天的清晨時分了。

高翔不是打電話來，而是親自來的。

太陽剛升起，木蘭花和安妮是被高翔叫醒的。木蘭花披起睡袍，一見到高翔，她就可以肯定高翔一定是整夜未曾睡過。

因為高翔的神色蒼白得可怕，他的雙眼之中全是血絲，他頭髮凌亂，面上的神色卻又十分憤怒。

木蘭花先令他洗了一個熱水臉，使他的精神略為恢復一些，才道：「你怎麼自己來了？跟蹤雲四風的責任，你是交給什麼人？」

「我想暫時不必跟蹤他了。」高翔的聲音很嘶啞，「我才將他送回家去，他爛醉如泥，沒有十小時，他根本醒不過來。」

「酗酒？」木蘭花幾乎不能相信。

雲四風平日並不是滴酒不沾的人，但是負責，有自信心、奮發的雲四風，和「酗酒」這兩個字發生關係，卻也是不可思議的。

高翔「哼」地一聲，道：「他何止酗酒！」

高翔一面說，一面自上衣袋中取出一疊照片來，道：「安妮，你走開些，你是小孩子，小孩子是絕對不適宜看這些照片的。」

安妮連忙道：「不，我不是小孩子了！」

高翔的回答卻更妙，道：「你不是孩子，更不能看那些照片了！」

安妮呶起了嘴，支著拐杖，到了另一張沙發上，偏過頭去，望著窗外，暗自生氣。

高翔將那疊照片，用力拋在茶几上。

木蘭花拿起那疊照片來。木蘭花也呆住了！

她幾乎不能相信自己的一雙眼睛！

她吸了一口氣，定了定神，一張又一張地看著那些照片。每一張照片中都有雲四風，那確確實實是雲四風，但是卻又不能使人相信那是雲四風！

每一張照片上，雲四風都和兩個以上的女人在一起。而那些女人，幾乎是接近全裸的。

有一張照片，雲四風正將一口酒吐進一個大胸脯美女的乳溝中，還有一張，雲四風的臉靠在一個白種女人的小腹上；更有一張，雲四風緊抱著一個金髮美人在接吻，而他的手，正在解著那金髮美人的乳罩扣子！

除了女人之外，就是酒，雲四風不是握著酒杯，而是抓著酒瓶，有幾張照片，他將酒倒進自己的口中，有幾張是他捉住了半裸的女人在強灌酒。

更有一張，他一手摟住了一個無上裝女郎的腰，一手將酒在向外灑去，他自己卻在哈哈大笑，看來他還像是很高興！

木蘭花看完了那些照片，她抬起頭來，又吸了一口氣，望著高翔。

高翔的聲音顯得十分疲倦，他道：「蘭花，如果這些照片不是我自己親手拍攝，而是別人給我看的話，那我一定會懷疑那些照片有可能是出自偽造，然而它們卻是我拍攝的！」

「那是在什麼地方？」木蘭花問。

「是一個私人的俱樂部，」高翔回答，「我先跟蹤他，到了一間酒吧之中，那酒吧很高級，我心中雖然奇怪，但是像雲四風那樣身分地位的人，偶然去高級酒吧喝上一杯酒，似乎也不算什麼，但是我跟著他進去不久，怪事就來了！」

「什麼怪事？」安妮已聽出了神，也忘記生氣了！

高翔嘆了一聲，道：「雲四風才坐下來不久，就有一個女人向他走過去，他們雙方好像早已認識的一樣，立時密談起來。」

木蘭花道：「他們講些什麼？」

「可惜得很，我沒有法子聽得清楚。」

「嗯，你再說下去。」

「他們兩人談了大約有五分鐘，雲四風和那女人就走了出去，那女人大約二十一、二歲年紀，人很美麗，」高翔在照片堆中找了一找，找出了一張來，「就是這個，這是他們在密談的時候，我拍下來的，你看，他們的神情是不是很親密？」

木蘭花剛才已看到過那張相片，這時再來仔細端詳，她看到一個穿著十分性感低胸衣服的女子，戴著兩隻極大的耳環。

那女子的一半身子，幾乎靠在雲四風的身上，雲四風則正在用心傾聽著，他們顯然是有很要緊的事正在談論之中。

而令得木蘭花不解的是，雲四風此際的神情，在照片上看來十分集中，並沒有那種神思恍惚的樣子，看來很正常！

高翔續道：「他們離開酒吧之後，我繼續跟蹤，是那女子駕車送他的——」

高翔才講到這裡，木蘭花忙道：「車子是那女人的？車牌多少號？你可有記錄下來？這是一項十分重要的線索，不能忽略！」

「有，我記下來了，而且，我已將車牌號碼通知了有關部門，令他們調查車主的身分、住址，一有了結果，立即就通知我。」

木蘭花點頭道：「以後呢？」

「以後，他們就到了那私人俱樂部，我還是爬牆進去的，那俱樂部中有著一切荒唐的享受，我進去時，雲四風已經半醉了！」

木蘭花苦笑著，道：「他胡鬧了一夜？」

「是的，他到後來，實在醉了，在地上滾來滾去，那女人又不見了，也沒有人知道他的身分，我看看情形實在不對了，才出面送他回家去的。」

木蘭花手托著頭，半晌不說話，然後才道：「你送他回去之後，秀珍看到了爛醉如泥的丈夫，她怎麼樣，說些什麼？」

高翔苦笑著道：「秀珍哭了。」

高翔那句話才說出口，突然傳來「砰」一聲響，那是安妮用力一掌拍在桌上，安妮的臉漲得通紅，嚷道：「讓我去教訓他！」

木蘭花沉聲道：「安妮，別衝動！」

「還說我衝動？」安妮揮著手，「高翔哥哥，你不該把這種人送回家去，你應該將他拋在馬路中心，任由他被汽車輾死！」

木蘭花站了起來，道：「秀珍哭了？秀珍不是愛哭的人，她難道除了哭，什麼也不說？」

「我想秀珍實在是傷心透了，因為雲四風的臉上和身上全是唇印，他的衣服也全被酒浸透了，蘭花，他們是新婚夫婦啊！」高翔憤然地說。

木蘭花緊緊地握著拳，她的神情也十分憤怒。

但是她憤怒的原因，卻與高翔和安妮不同。

她知道雲四風忽然之間變得那樣，一定是有重大的原因。但是她卻恨自己，為什麼竟會一點也找不出其中的原因來。

她呆立了片刻，來到了電話前，撥了穆秀珍家中的電話，電話響了好一會，才有人來接聽，木蘭花聽到的正是穆秀珍的聲音。

木蘭花立即問：「秀珍，四風怎麼了？」

穆秀珍的聲音很嘶啞，道：「醫生來過了，醫生說，在十小時之內，他怕不會醒來，他血液中的酒精已到飽和點！」

木蘭花嘆了一聲，道：「秀珍，你別難過。」

穆秀珍在電話中啜泣了起來，道：「蘭花姐，醫生還說，像那樣喝酒法，再壯健的人，也隨時可以倒下來，立即斃命的！」

木蘭花道：「我想他不會有第二次的了，等他醒了之後，我一定要問問他，為什麼會那樣，他不給我切實的回答是不行的。」

穆秀珍的聲音，聽來仍然是斷斷續續的，她道：「那麼，等他一醒過來，我立即打電話給你，不過，蘭花姐，我心中真的很難過！」

穆秀珍講到這裡，又哭了起來。而且，她一哭出聲，立時便掛上了電話！

木蘭花卻還握著電話在發呆，穆秀珍說她心中難過，但實際上，木蘭花聽到了穆秀珍的話之後，她的心中更加難過。

好一會，木蘭花才放下了電話來。

她才一放下電話，電話鈴又響了起來，那是警局打來的電話，找高翔的，高翔接過了電話，問道：「有什麼事情？」

「高主任，」那面說著，「你交來的車牌號碼，我們已查過了，車主是周絲小姐，她住在雲青路二十號，她是一個類似高級交際花的女人！」

「好了，謝謝你。」高翔放下了電話，站了起來，「我去見那個姓周的女人，在她那裡，或者可以問出一些線索來。」

木蘭花搖著頭，道：「我去，你太疲倦了，你在這裡休息一會，安妮，你若是想去陪秀珍，我先和你去看看她，我再去找那位周小姐。」

安妮道：「當然想！」

高翔也不再堅持，他在沙發上躺了下來，木蘭花和安妮立即上了車，駛離開去。

二十分鐘之後，她們到了穆秀珍的家中。

穆秀珍的雙眼十分紅腫，見了木蘭花，她幾乎忍不住又要哭了，安妮忙道：「秀珍姐，別哭，你是從來不哭的，別哭！」

聽得安妮那樣說，穆秀珍抹了抹眼淚，道：「安妮，你說得對，你們……可要去看一看四風？他正不省人事地睡著。」

木蘭花搖頭道：「不必了，等他醒了再說，我去見一個姓周的小姐，她可能對四風的荒誕行為有所解釋，安妮留在你這裡。」

「好的。」穆秀珍握著安妮的手，送木蘭花離去。

周絲的家，是一幢大廈式的房子的頂樓，當木蘭花按了門鈴之後，一個女傭打開了門，道：「你來得那麼早，我們小姐還沒有起身呢！」

木蘭花道：「可是我有重要的事！」

那女傭老大不願意地打開了扣在門上的鍊子，讓木蘭花走了進去，客廳很寬大，也很華麗，那女傭走進去，木蘭花就站在客廳中。

過了幾分鐘，那女傭又走了出來，道：「你是幹什麼的？小姐懶得起身，她要你進去。」

木蘭花忙道：「那也一樣！」

那女傭帶著木蘭花，來到一扇門前，敲了敲門，把門推開，木蘭花一步跨了進去。

她才一踏在那軟軟的湖藍色的地毯上，便呆了一呆！

因為她已看到房間中那張放得十分大的照片。照片足有呎高，是兩個人的合照。那兩個人，一個是雲四風，另一個是周絲！

在那張照片上看來，雲四風和周絲兩人的關係顯然非比尋常，因為他們兩人十分親熱，照片是在市中心的公園中拍的，背景則是山上的許多房屋。

由於照片放得十分大，是以山上的一些房屋也十分清楚，木蘭花向那張照片望了一眼，便轉過頭，向床上望過去。

周絲還躺在床上，雖然她還未曾經過化妝，但是她白皙的皮膚和烏黑的眼珠，已然足證她是一個標準的美人兒了。

她也打量著木蘭花，然後她道：「你是誰，一清早來見我，有什麼事？」

木蘭花問道：「周絲小姐？」

周絲懶洋洋地點著頭，順手拿起一個指甲銼來挫指甲。

木蘭花又道：「我是木蘭花。」

「噢！」周絲立即張大了她那雙迷人的眼睛，「你就是大名鼎鼎的木蘭花，他時時向我說起你，不過我想不到你那麼年輕。」

當周絲說到「他時時向我說起你」這句話時，向照片中的雲四風指了一指，又發出了一個十分豔美的笑容來。

木蘭花道：「是的，雲先生和我們是好朋友，周小姐認識雲先生，有多久了？」

「不久，只有七八天。」周絲笑著，「可是我們的感情，卻像是認識了七八年那麼久，他甚至已向我求了幾次婚了！」

木蘭花的臉色變得十分難看，如果這時有木蘭花的熟人在場，那麼一定可以發現，木蘭花的臉色是很少那樣青白的，那自然是她的心情不好之極的緣故。

木蘭花地緩緩道：「周小姐，雲先生是結了婚了！」

周絲笑得更動人，她的聲音也十分柔軟動聽，她道：「自然，他的婚事，全市轟動，我也那樣提醒過他，但是他說，他可以離婚的！」

木蘭花竭力鎮定著心神，她心中對雲四風的信心也不免開始動搖了！周絲的話是真的，還是假的？木蘭花在苦苦思索著。

可是，卻有不少事實證明周絲的話是真的！

第一，昨晚周絲曾和雲四風在酒吧中見面。

第二，在周絲的香閨之中，有著她和雲四風如此親密的合影！

這兩點，就足以證明周絲的話不會假了，可是這一切實在發生得太突然了！

雖然說人心難測，但是雲四風也不應變得如此之快！

木蘭花嘆了一聲，沒有再說下去。

周絲則繼續道：「我也知道四風的新夫人是你的妹妹，四風曾對我說了她許多壞話，男人在另結新歡之前，總會說以前認識的女人是不值一顧的，我也不必轉述他的話了，是不是？」

「是的，不用轉述了！」木蘭花的心中感到一陣難過，她走到那張大照片之前站定，「周小姐，那麼你可有答應他的求婚？」

「沒有，我不必去搶人家的丈夫，我告訴他，若要我考慮他的求婚，那麼，至少他應該是一個沒有妻子，有結婚權利的人！」

「你是要他先和妻子離婚？」

「蘭花小姐，千萬別那樣說，我從來也沒有要他離婚，我有很多人追求，我只是告訴他，像他如今的身分，是不能向我求愛的！」

「我明白了，周小姐，你令他神魂顛倒了！」

「但那不是我的錯，對不？」周絲微笑著。

「當然不是你的錯。」木蘭花的視線一直停留在那張照片上。她的視線，集中在背景上的一幢房屋上，那房屋的牆上，搭著竹架，顯然是正在修葺。

木蘭花看著那幢房屋，足足看了一分鐘之久，她才嘆了一聲，道：「男人的心正是太難捉摸了，周小姐，這照片是什麼時候照的？」

「四天之前，我們一起在公園拍的，你看還好麼？」

「四天之前？很好，拍得很好。」木蘭花轉過身來，「周小姐，我知道，昨天晚上，你曾和他會過面，後來你又離去了！」

「是的，他一定要向我求愛，但是我的態度很堅決，我不能愛一個有婦之夫，他好像受了刺激，拼命喝酒，我不願看到他那樣，所以先走了！」

木蘭花道：「你的態度很對。」

「可是，我卻無法不讓他來追求我的。」周絲斜睨著木蘭花。

「我相信，你在未見我之前，一定已明白我是怎樣的人了？」

「是的，周小姐，我很欣賞你的坦率，再見！」

木蘭花一面說，一面走出了周絲的臥室，來到客廳，那女傭已打開了門，在請她出去，木蘭花一直來到大門上，才停了一停。

她的心中十分亂，像是一大團被攪亂了的線，但是，她卻已經在那一大團亂線中，找到了一個線頭，問題是如何開始從那個線頭抽解那團亂線而已。

木蘭花發現的那個「線頭」，是她極敏銳的觀察力觀察的結果，她是在那幅周絲和雲四風合影的大照片上，發現了「線頭」的。

她發現的疑點，是那幢正在進行修葺的房子。

那幢在山上的房屋，是屬於一個著名的豪富的，這幢房屋最近易了主，原來的業主在一場豪賭之中，將它輸給了現在的主人，新主人於是進行修葺。

那件事頗為轟動一時，新主人在入居新屋時，還曾開過盛大的酒會，木蘭花可以確切說出酒會舉行的日期，是在四個月之前。

那也就是說，這幢房屋在四個月之前已修葺完畢了。

然而，周絲卻說那照片是四天之前拍的。

除非那房屋在四天前又開始修葺，要不然，周絲就是在說謊！

而且，那張照片也不可能是四個月之前拍的，因為雲四風認識周絲，只不過八九天！

那麼，推理下去，就自然而然得出一個結論！那張照片是偽造的，那是精妙的黑房技術的結果，是利用底片拼湊，再攝成功的！

木蘭花的心中十分亂，她緩緩地向前走著。

她需要找一個地方靜下來，好好地想一想。

她駕車來到了公園附近，走進了公園，找了一個有樹蔭，而又向著山的長椅上，坐了下來，公園中人不多，很靜，也適宜思索。

木蘭花先尋找著那幢房屋，她立即就找到了那房子，因為那是一幢式樣十分出色的房子，當然，在房子的四周圍沒有竹架。

木蘭花的心中十分亂，她竭力將事情簡單化，結果，她在紛亂的思緒中，找出了一個肯定的結論，而由那肯定的結論上，引申出一個問題來。

她的結論是：那照片是偽造的！

她的問題是：周絲為什麼要偽造一張那樣的照片，而且又是掛在如此顯眼的地方？

接著，木蘭花又想到，自己去見周絲，是十分冒昧的，因為自己根本不認識她，但是周絲卻請一個不相識的陌生人在臥室相見，豈不是更不尋常？

周絲那種不尋常的行動，木蘭花在當時並未曾在意，可是現在想起來，她卻明白了，周絲請她進臥室，目的就是要她看到那照片！

周絲竟是知道木蘭花會去看她的！

木蘭花緩緩地吸了一口氣，她覺得自己不但找到了「線頭」，而且已慢慢地將線抽出來了，周絲的目的是要木蘭花相信，雲四風變心了！

當木蘭花想到這一點的時候，她的心中，感到了十分安慰，因為她始終不相信雲四風和穆秀珍之間的感情會起變化的！

可是，木蘭花想到了這件事，對於解決整個疑團，卻並沒有多大的幫助，就算木蘭花已猜到了周絲的目的，她也無法解釋雲四風失常的行動！

但木蘭花至少已知道，有一個極大的陰謀，正環繞著雲四風在進行，這個陰謀若是獲得成功，是足以毀掉雲四風的！

木蘭花站了起來，她還有一個問題，這個問題，必須由雲四風來回答，那便是：何以雲四風要去和周絲見面，他們之間究竟存在著什麼關係？

4 巨大陰謀

木蘭花離開了公園，回到家中。高翔在沙發上睡著，睡得很酣。

木蘭花坐在高翔的對面，呆呆地望著高翔，望了很久，才輕輕地上了樓，取了一條大毛巾來，輕輕蓋在高翔的身上。

高翔並沒有醒，只是略轉了轉身。

木蘭花又上了樓，和穆秀珍通了個電話，吩咐穆秀珍，雲四風一醒就通知她。

然後，木蘭花坐在安樂椅中又開始沉思。

她可以說已發現一個十分重大的線索了，那線索便是，一個著名的交際花周絲，要在她面前造成雲四風在追求她的印象。

周絲進一步的目的是什麼？

她一定有進一步的目的的，但那是什麼呢？

木蘭花思索著。

周絲是想證明雲四風是一個薄倖兒？

就算證明了這一點，對周絲來說，又有什麼好處？

木蘭花覺得自己雖然在一團亂線之中找到了「線頭」，但是只抽出了幾吋，便又遇到了死結，無法繼續再解下去了。

木蘭花又拿起了電話，她和方局長通了一個電話，請方局長派幾名幹練的探員，去日夜監視周絲，並且設法在周絲的屋中裝置竊聽器。

方局長是知道木蘭花絕不會無緣無故地那樣做的，所以他連問也不問木蘭花為了什麼，立即便答應了下來。

在接下來的時間中，木蘭花又向很多人詢問了雲四風的情形，最後，木蘭花又離家外出，她到了雲氏大廈，在精緻的貴賓會客室中，和雲五風見了面。

木蘭花一見雲五風，便將那疊照片遞給他看。

雲五風一面看，一面搖頭，道：「不對，那是不可能的，那人不是四哥，他……怎會變成那樣子，而日，他才結婚！」

木蘭花嘆了一聲，道：「五風，那是你四哥，這些照片是高翔親手拍回來的，他醉得不省人事，也是高翔送他回去的！」

雲五風睜大了眼睛，道：「為什麼他會那樣子？」

木蘭花的神情十分嚴肅，道：「五風，我認為他一定遭到了極大的困難，你們幾兄弟中，他和你的感情最好，他可曾對你說過什麼？」

雲五風聽得木蘭花那樣問，他突然苦笑了起來。同時，雲五風揮著手，像是想將一個夢魘揮掉一樣，他道：「那是很荒唐的，他曾對我說，說秀珍姐……真可笑，他說秀珍姐要毒死他！」

雲五風講了之後，略停了一停，又道：「唉，我其實不應該那樣告訴你的，因為這事情實在太可笑了，真是毫無意義的。」

木蘭花搖著頭，道：「不，你應該告訴我，因為他也同樣告訴過我們，說他有十分確鑿的證據，證明秀珍要毒死他！」

雲五風的臉色變得十分蒼白，他道：「蘭花姐，我四哥為什麼會變得那樣？他從來也不是那樣的人，何以他竟懷疑起他的妻子來？」

木蘭花道：「我還完全不知道，但是我已然略有一些眉目，我想有人正以一個巨大的陰謀，在破壞他們夫婦的感情。」

「那樣，又可以達到什麼目的呢？」雲五風攤開了手。

木蘭花嘆了一聲，道：「那我還不知道，自然，可想而知，一定是另有目的，不單是破壞他們夫婦感情那樣簡單的。」

雲五風來回踱了幾步道：「那我們怎麼辦？」

木蘭花很誠懇地道：「五風，你四哥已在懷疑秀珍，可能對我們的友誼也不像以前那樣了，但你卻是他的弟弟，他或者會對你說一些真心話的！」

雲五風立時明白了，他點頭道：「我知道，如果他對我說什麼，那我一定告訴你。」

「那樣子最好了，但是你要記得的是，你不能讓他知道這一點，也不能去問他，要等他自己和你講起來，他才不致起疑。」

雲五風道：「我全明白了。」

木蘭花走出了會客室，當她走出雲氏大廈堂皇的大門之際，陽光十分好，那是一個十分好的天氣，但是木蘭花的心情，卻十分沉重！

木蘭花接到了安妮的電話，告訴她雲四風已經醒來時，她早已回到了家中，高翔也早已醒了，他們兩人立時趕到了穆秀珍的家中。

安妮一個人坐在客廳中鼓著氣，高翔和木蘭花直趨臥室，雲四風還躺在床上，睜大著眼，面色蒼白憔悴，雙眼一點神采也沒有，而穆秀珍則坐在床邊，滿面愁容望著他。

高翔和木蘭花兩人走進去，雲四風一動也未曾動過，甚至於他的眼珠也不轉動一下，穆秀珍站了起來，道：「你們看他，什麼藥也不肯吃！」

木蘭花來到了床前，叫道：「四風！」

雲四風的雙眉抬了一抬，道：「我……我的行動？」

看他的樣子，倒像是他自己全然不知道他做了一些什麼事一樣！

高翔已經忍不住滿面怒容了，但木蘭花卻向高翔揮了揮手。

木蘭花繼續道：「是的，你昨晚的行動！」

雲四風的雙眉蹙得更緊，他緩慢地道：「我昨晚的行動？我……昨晚的行動？我昨晚……做了一些什麼？那是怎麼一回事？」

高翔怒道：「蘭花，給他看那些照片！」

木蘭花點了點頭，將那疊照片遞給了雲四風，雲四風手在床上撐著，坐起身來，穆秀珍連忙過去扶他，又將枕頭塞在他的背後。

雲四風接過了那疊照片，一張一張地看著。他才看了幾張，手便發起抖來，等看了十來張之後，他的手抖得十分之劇烈。

他終於不能再握住那疊照片，而任由那疊照片落了下來，他抬起頭來，聲音也發著顫，道：「那……是我麼？那真是我？」

高翔冷冷地道：「不是你，是一個叫雲四風的人！」

雲四風雙手捧住了頭，他喘著氣，喃喃地道：「這一切是如何發生的？我實在記不起來了，我只記得……」

木蘭花在那疊照片中，找出了雲四風和周絲在酒吧中見面的那張，送到了雲四風的面前，道：「事情從這時開始，是不是？」

雲四風向照片看了一眼，點頭道：「是。」

「你認識那女人多久了？」木蘭花問。

「我根本不認識那女人！」雲四風回答著。

雲四風的回答，令得木蘭花感到意外，但是卻也不是極度的意外。

木蘭花又問道：「你不認識那女人，為什麼和她見面？」

雲四風道：「有人打電話給我——」

他話講到了一半，便停了下來，只見他向穆秀珍望了一眼，口唇動了動，但是卻沒有說出什麼來，而他的臉上則現出苦痛的神情來。

木蘭花已明白了雲四風的意思，是以她立即道：「高翔，秀珍，你們兩人先出去一會，我想和四風單獨談一談。」

高翔冷笑著，憤然道：「我們走！」

穆秀珍卻沒有說什麼，只是抹著淚。

高翔大聲道：「秀珍，你怎麼了？你從來也不是那樣婆婆媽媽的人，有什麼好哭的？天下有的是男人，又不是只有他一個！」

穆秀珍沒有說什麼，和高翔一起走了出去。

在高翔數說穆秀珍的時候，木蘭花也望向穆秀珍，木蘭花也覺得穆秀珍太柔順了，穆秀珍實在不應那樣柔順的，她應該和雲四風大吵大鬧才是！

但是，或許是穆秀珍太愛雲四風了，是以她才不忍和雲四風吵鬧？

木蘭花只覺得心中的疑團越來越甚，她忍不住又嘆了一口氣。

等到高翔和穆秀珍都走了出去之後，木蘭花才又問：「你既然不認識周絲，為什麼又和她見面？而且還跟她一起到那俱樂部去？」

雲四風茫然道：「那女人叫周絲？」

「是的，她是一個交際花。」

雲四風苦笑著，道：「我根本不認識她，我接到一個電話，說如果我到那家酒吧去，就會有一個美麗的女人來見我——」

木蘭花道：「那你就去了？」

「當然不是那樣簡單，那電話中的人還說，如果我去了，和那美麗的女人見了面，那美麗的女人就會告訴我，為什麼秀珍要毒死我！」

木蘭花陡地一震，道：「四風，你竟然對人說秀珍要毒死你？」

「沒有！我沒有！」雲四風急忙分辯，「我只不過對你和五風說過，絕沒有對別人說過，所以我接到了那樣的電話，實是非去不可！」

木蘭花來回踱著，道：「以後呢？」

「我去了，就是那女人，來到我身邊，她像是和我十分親熱一樣，一到就和我說笑，我問了她幾次，提醒她該告訴我的秘密，可是她卻只是不告訴我，後來，她要我喝了酒她才說，我就喝了酒，而在喝了那杯酒之後的事情……我便記不起來了。」

雲四風講到這裡，停了下來。接著，他閉上了眼睛，神情痛苦，道：「我知道你一定不相信我的話，以為那些話全是我編造出來的，對不對？」

如果木蘭花不是在周絲的家中看到了那張照片上的破綻，那麼木蘭花一定根本不信雲四風的話，而認為他是滿口胡言！

但是，現在的情形卻不同了，木蘭花已知道周絲是有意陷害雲四風的，所以，她也相信雲四風的話是可靠的。而且，她又有了一個新的發現，周絲竟知道雲四風從未對外人說過的秘密，這實在是一件怪異之極的事！

木蘭花站定了身子，道：「不，四風，我信你的話。」

雲四風睜大了眼睛，幾乎疑心自己聽錯了。

木蘭花重複了一遍，道：「我信你的話，但是我還有一件事要問你，你辦公室中那個秘密電話號碼，有沒有洩露的可能？」

雲四風呆了片刻道：「照說是沒有可能的。」

木蘭花道：「好，你靜靜地休息一會吧。」

木蘭花講著，轉過身，準備離去。

可是木蘭花才一轉過身去，雲四風便叫道：「蘭花！」

木蘭花轉回身來，雲四風的呼吸十分急促，道：「蘭花，你剛才信了我的話，那令我……很感意外，你能夠再信我一次麼？」

木蘭花沉聲道：「我一直是相信你的。」

雲四風立時道：「有人想害死我，蘭花，有人想置我於死地，一個極大的陰謀正在發動，那陰謀的最終目的，就是想害死我。」

木蘭花立即道：「我也相信正有一個巨大的陰謀，在針對著你，逐步在實行著，至於是不是想害死你，我還不能肯定。」

雲四風的神情十分激動，他道：「你能相信這一點，那實在太好了，可是，還有一點，你一定要相信，你非信我不可……」

木蘭花已知道他要講什麼了，是以她先揚了揚眉，道：「秀珍？」

「是的，是她！」雲四風的神情，緊張得難以形容，他額上的青筋也突得極出，「她是那個陰謀的執行者，你一定得相信這一點！」

雲四風在講那最後一句話時，幾乎已如在呻吟一樣了！

木蘭花呆了半晌不出聲，她實在沒有什麼好說的！

她可以相信剛才雲四風的解釋，說他根本不認識周絲，她也可以相信，但是雲四風卻又指責秀珍要害死他！

木蘭花對於那樣的指責，實在是無法說任何的話！

木蘭花呆立著，過了好一會，她才道：「你叫我怎麼相信！你說秀珍要害死你，那麼，你可以告訴我，她是為了什麼？」

雲四風搖著頭，他雙手緊握著拳，毫無意義地擺動著，他道：「我不知道是為了什麼，但是我確確實實知道，她要害死我，而且還要我死得不露痕跡！」

木蘭花又望了雲四風半晌，才道：「四風，我認為你的精神狀態不十分正常——」

「我十分正常！」雲四風不等木蘭花說完，便叫了起來，他雙拳用力地在床上搥著，「我十分正常，我再清醒也沒有了，你一定要信我！」

木蘭花道：「四風，我一定要找出是什麼人在害你的，但是你要我相信，說秀珍是那個陰謀的執行人，我卻實在無法相信！」

雲四風頹喪地低下頭去，道：「我知道你是不會相信的，我的希望太大了，竟大到想使你相信這樣的事，我知你不會相信的。」

木蘭花看到雲四風那樣的情形，她的心中十分難過。

她想了一想，才道：「四風，我可以告訴你一點，高翔和安妮已經十分恨你，認為你是故意在陷害秀珍。可是我的看法不同，我認為說你會害秀珍，等於說秀珍會害你一樣，都是極荒唐無稽的，因為我相信你們兩人的愛情！」

雲四風抬起頭，他臉上現出極其感激的神色來，他的雙眼之中甚至閃耀著淚光，他道：「謝謝你，蘭花，真的謝謝你！」

他深深地吸了一口氣，然後又道：「你可要聽我的一個感覺麼？我知道，你一定會以為那是無稽的，但是這感覺存在我的心中已很久了，你那樣相信我，使我要將它講給你聽！」

「那是什麼感覺？」木蘭花問。

木蘭花覺得雲四風已經漸漸肯對她說出心底深處的話了，那自然是因為木蘭花先表示了她對雲四風信任的緣故。

雲四風的嘴唇掀動了幾下，然後才聽得他道：「我感到……我感到……秀珍變了，變得……不像是秀珍，我感到她不是秀珍！」

木蘭花的身子，像觸電一樣地震動起來！她是震動得如此之厲害，以致她的牙齒也不由自主在「格格」作響，她的聲音也變得十分異樣，道：「你為什麼會那樣說？」

雲四風道：「很難說，在我還未曾發現她每天用有毒的牛奶餵我之前，我已覺得不對頭了，但是我卻沒有說出來。蘭花，我是秀珍的丈夫，我們熱戀了很多時候，秀珍有任何細微的變化，我都可以覺得出來的，而且，她也是極其愛我的……」

雲四風講到這裡停了下來，像是不知該如何繼續下去才好。

木蘭花道：「四風，秀珍說你在結婚之後，甚至未曾和她親近過！」

雲四風點頭道：「是的，蘭花，我感到她就像是一個陌生人一樣，你想，我怎能和一個陌生女子親熱？有一個晚上……」

雲四風的臉紅了一下。

木蘭花嚴肅地說：「講下去。」

雲四風道：「有一個晚上，那是五六天前，我獨自睡著，秀珍披著那件藍色的輕紗睡袍走了進來，她是如此之美麗，而我們又是正式夫妻，我當時自然忘記了那種感覺，我們緊緊擁抱著，自然而然，我褪去了她的睡袍，可是當我看到……半裸的她時，我那種感覺更強烈了，她不是秀珍！」

木蘭花整個人呆住了！在木蘭花的冒險生活之中，不知有過多少次意料之外到了極點的事，但是再也沒有一次，她受到的震動有如此之甚的！

過了好一會，木蘭花才道：「你……為什麼那樣想？」

雲四風道：「我和秀珍在婚前是十分純潔的，我們自然也有過擁抱和愛撫，你該明白我有那種感覺不是沒有理由的了！」

木蘭花深深吸了一口氣，她覺得自己已進入了一個惡夢之中，又像是跌進一個深不見底，又黑暗無比的深洞之中。

她看不到任何光亮，只覺得眼前一片黑暗！

雲四風的話，她是完全聽到的，那卻是她絕對未曾想到過的事，但是那種突然之極的事，卻真的從雲四風口中講出來了。

如果不是木蘭花看到周絲家中的那張照片上的破綻，她此際說不定會憤怒得掌摑雲四風，但是此際，木蘭花卻只是陷入毫無頭緒的迷惘之中。

木蘭花知道，事情一定有著極大的曲折，而周絲在這個曲折之極的事情中，一定佔有十分重要的地位，她必須再去見周絲！

木蘭花想了足有兩三分鐘，才道：「四風，剛才你所說的那一番話，我還無法接受，你得原諒我，因為那實在太荒唐了！」

雲四風急急道：「一點也不荒唐，自從我有了那樣的感覺之後，我曾在言語中試過她好多次，對於過去的事，她只知道極少的一些！更有些是我無中生有的事，我故意說得津津有味，她也不知道原來是根本沒有那樣的事的，一樣隨聲附和！」

木蘭花又呆了片刻，道：「或者是她撞車之後，腦神經受了震盪，以致記憶不太好？」

「不，不是那樣，你可以去試她，那是很容易試的，我甚至還懷疑過那次撞車，那次撞車，使姚雄有了逃走的機會！」

「四風！」木蘭花大聲叫了起來。

她那樣大聲叫著雲四風，自然是阻止雲四風再向下說去之意。

雲四風也突然住了口，不再說下去，房間中登時靜了下來。

過了好一會，木蘭花才道：「好的，我也去試一試她，但是一定要記得，剛才我們的談話切不可對任何人說起。」

雲四風點了點頭，木蘭花又道：「你也絕不能讓秀珍知道你在懷疑她！」

雲四風又點了點頭。

木蘭花走出了房門，當她走出房門之際，有一種精神恍惚的感覺。連她自己也不明白，何以她竟會變得傾向雲四風了。

而木蘭花也知道，她一直不懷疑雲四風有什麼不對，那是一開始就有的感覺，因為雲四風說秀珍要毒他，那是明明沒有人相信的事，雲四風不應該蠢到連這一點都不知道，然而，他還是說了，那麼可知道他決計不是在惡意的捏造！因為如果是惡意捏造的話，他應該造得聰明一些！

木蘭花站在門口，高翔走了過來，道：「怎麼樣？」

「沒有什麼，」木蘭花回答著，「秀珍呢？」

「和安妮在客廳中。」

木蘭花向前走去，穆秀珍和安妮一起坐著，誰也不說話，安妮一見了木蘭花，便大聲問道：「蘭花姐，究竟怎麼了！」

木蘭花竭力鎮定心神道：「沒有什麼，小孩子別管那麼多閒事，秀珍，四風已答應以後決計不再那麼荒唐了，這一次就算了吧！」

穆秀珍長嘆了一聲，道：「不算了又怎麼辦？」

木蘭花本來並沒有感到穆秀珍有多大的不同，只覺得她在婚後變得柔順了很多而已。可是此際，給雲四風那樣一說，她不禁也起了疑心。尤其當此時穆秀珍講出

「不算了又怎麼辦」那句話之際，木蘭花更是忍不住皺了皺眉，那真的不是穆秀珍所說的話！

「不算了又怎麼辦」，那是一句充滿了無可奈何意味，充滿了妥協意味的話，而穆秀珍的一生，可以說從來也沒有對任何橫逆的勢力妥協過！她是一個反抗性極強的女子。何以如今會變得那樣？甚至在事情發生後，竟哭了好幾次！

穆秀珍不是不會哭，但是穆秀珍的哭是嚎啕大哭，決計不是如今那樣的哭！

木蘭花心頭怦怦亂跳，但是她卻仍然不動聲色，她道：「你婚前收拾好的那一包全是紅色的衣服，我又忘記帶來了！」

木蘭花這一句話，是隨口胡謅出來的，穆秀珍根本很少紅色的衣服，她也沒有收拾好一包那樣的衣服，要木蘭花帶來，安妮是知道根本沒有那麼一件事情的，所以，安妮立即用懷疑的眼光望著木蘭花。

但是，穆秀珍卻道：「不要緊，下次好了。」

木蘭花的面色陡地變了！木蘭花本來是鎮定功夫極高的人，可以說是泰山崩於前而色不變！但這時，她卻禁不住臉上變色，她連忙偏過頭去。

她心中立即感到雲四風的話是有理由的了！

而且，木蘭花更知道，穆秀珍不會是記憶力衰退，她如果是記憶力衰退的話，一定會問：什麼紅衣服？我怎麼不記得了？

她不那樣問，而立即回答說「下次好了」，那是她以為真有那樣的事，所以才會那樣講的，那就說明一件事，現在的穆秀珍根本不知道過去穆秀珍的事！

而那樣的情形，可以導致一個結論，那真是一個駭人聽聞之極的結論，然而卻也是唯一的結論：如今的穆秀珍是假冒的！

木蘭花沒有多說什麼，她竭力鎮定心神，道：「安妮，高翔，我們走了，秀珍，你要不要回來住幾天？現在四風的情緒不很好！」

「不，不必了。」穆秀珍拒絕著。

木蘭花長嘆了一聲，扶著安妮，和高翔一起離去。

當他們上了車，車子駛出了花園，穆秀珍也走進屋子去之際，安妮便立即問道：「蘭花姐，你剛才說什麼紅色的衣服？」

「我說一包紅色的衣服。」木蘭花回答。

「可是秀珍姐根本沒有紅色的衣服！」

「是的，但是你聽到她怎麼回答？」

「她說下次帶來……蘭花姐，為什麼秀珍姐會以為她有一包紅色的衣服？」安妮睜大了眼睛，充滿了疑惑地問著。

木蘭花並不立即回答，她將車駛到了路邊，停了下來，然後才道：「高翔，安妮，這件事情實在十分嚴重，嚴重到出乎我們的想像之外！」

安妮和高翔的神色也變得十分嚴肅，因為木蘭花的神情，是很少那麼嚴重的，她說事態嚴重，那一定是真正嚴重了！

木蘭花略停了一停，才又道：「四風曾對我們說，秀珍想毒死他，這件事，本來是荒謬透頂的，但現在，我看是真的！」

「什麼？」高翔和安妮兩人都驚叫了起來。

「安妮，高翔，你們覺得秀珍和過去有什麼不同？仔細想一想，不要放過任何細節！」木蘭花沉著聲，問他們兩人。

安妮和高翔兩人保持了片刻的沉默，安妮才道：「有一件事，我一直很疑惑，但是我也一直放在心中，未曾說出來過。」

「什麼事？」木蘭花忙道。

「我的那副拐杖。」安妮說：「當我第一次拄著那副拐杖，到醫院去看秀珍姐的時候，秀珍姐一點沒有驚訝之色，甚至於我問她，我有什麼不同，她也說不上來。」

木蘭花緩緩點著頭，道：「那情形和『紅衣服』相同，她不知道你那副拐杖是新得的，還以為你是早已有了那副拐杖的。」

高翔道：「我倒沒有覺得什麼特別，只覺得她性格完全變了，她本來是一個何等倔強的人，可是現在，卻變得只知道逆來順受了。」

木蘭花道：「那樣說來，雲四風的懷疑是有理由的了！」

「他懷疑什麼？」兩人齊問。

木蘭花卻並不回答，她先將自己會見過周絲，發現照片上的破綻，以及和雲四風的談話講述了一遍，然後才說道：「他懷疑現在的秀珍是假冒的！」

高翔和安妮都不由自主「颼」地吸了一口涼氣，張大了口，一時之間，他們兩人，變得像是木頭人一樣！

5 假穆秀珍

木蘭花徐徐地道：「聽來那像是不可能的，但是我們不妨想想，如果我們承認了這個事實，那麼一切都可以迎刃而解了！」

高翔大聲道：「對雲四風辦公室中那秘密電話，秀珍自然有法子知道的，而且，秀珍也知道我在跟蹤四風，周絲可能是故意被派去的！」

安妮不說什麼，只是搖著頭。

木蘭花道：「現在，我們唯一的線索就是周絲，是誰叫周絲去的，周絲又怎會知道雲四風曾被妻子饗以毒牛奶的事，只要一問出來，就可以真相大白了！」

高翔道：「快去找周絲！」

木蘭花重又發動車子，車子迅速地駛下山，轉入了公路，駛進了市區，二十分鐘後，便已在周絲居住的大廈門前停了下來。

高翔才一出車子，就看到一男一女兩個便衣探員，假裝一雙情侶，正在喁喁談情，一看到高翔，他們便走了過來。

木蘭花這時，也已扶著安妮出了車子。

那女探員報告道：「高主任，她曾經出去過一次，才回來不到半小時。」

高翔連忙問道：「她出去的時候，曾和誰見過面？」

「沒有，她是到理髮店去的，除了理髮師之外，她沒有和任何人接過頭，但是，她在整理頭髮的中途，卻打了一個電話。」

「你知道她打電話給誰？」高翔立時問。

那女探員呆了一呆，道：「我……不知道。」

高翔皺著眉，道：「下次你如果奉令追蹤一個人，當他去打電話的時候，你一定得知道他打電話給誰，不然怎麼叫跟蹤？」

那女探員紅著臉，道：「是，高主任。」

高翔不再說什麼，他和木蘭花、安妮一齊走進了那幢大廈，來到了周絲所住的那一層樓門前，木蘭花上前，按著門鈴。

和木蘭花上次來的時候一樣，一按門鈴，那門鈴便響起一陣悅耳的短樂曲，可是和上次不同的是，樂曲完了之後，並沒有人來應門。

木蘭花揚了揚眉，再次按鈴。可是仍然沒有人來應門，木蘭花立時轉過頭，向高翔望了一眼，高翔也立即取出百合匙，只花了幾秒鐘，便將門打了開來。

當他推開大門時，他首先看到一個女傭倒臥在地毯上，那女傭早已死了。

木蘭花奔向周絲的臥室，一腳踢開了門，周絲伏在床上。

木蘭花將周絲的身子翻了過來，周絲的臉上呈現一種極其可怕的青色，只有中了劇毒而死的人才會有那樣可怖的臉色！

木蘭花吸了一口氣，她轉過身來。

高翔和安妮也已到了門口，高翔看到了周絲，也是呆了呆，道：「她死了！中毒死的，那是什麼毒物，令她的血色變得如此難看？」

木蘭花皺著眉，道：「那是一種和血液混合，使血液凝結的毒藥，這種毒藥，一定要見血才有毒效，她難道是自殺的？」

「不會吧？」高翔猶豫著。

「那麼，下手傷她的人呢？」木蘭花問。

木蘭花那一問，令得高翔和安妮兩人在剎那之間，都感到了一股寒意。周絲自殺的可能性極少，那麼殺害她的凶手，很可能還在屋中！

木蘭花和高翔的行動十分汛速，當木蘭花才一問出那句話之際，他們兩人都想到，凶手可能還在屋子之中！是以，他們兩人的身形立時一閃，各自貼住了牆，木蘭花站在安妮的身邊，安妮也神情緊張地將手指放在拐杖之上！

因為那凶手如果還在屋中的話，他可能會突然衝出來，凶手已殺了周絲，自然不會在乎多殺一個人，他們非嚴加防範不可。

而就在他們三人剛一貼牆站定之際，只聽得在廚房中，傳出了「砰」一下玻璃破碎的聲音，高翔連忙向廚房中衝了過去。

木蘭花叫道：「小心！」

高翔衝到了廚房的門口，一腳踢開了門，當他踢開門的一剎間，他只看到有一隻手攀在廚房窗子的窗沿上！

那顯然是有人準備從廚房的窗口攀下去，高翔一個箭步竄向前去，大聲喝道：「停住，我開槍了。」

然而，隨著高翔的那一喝，那隻手卻立時縮了下去，高翔立時扳動槍機。「砰」地一聲槍響，自然沒有射中那人，因為那時那人已縮下手去，高翔根本看不到他。

但是，隨著那一下槍響，只聽得窗外突然傳來了一下驚呼聲，高翔忙趕到窗口，當他向下看去時，剛好看到那人跌到了地上。

當那人的身子跌到地上之際，發出了十分驚人的砰地一聲響，他的頭部先著地，整個頭顱幾乎全碎了，他在倒地之後，雙腿還略伸了伸。

木蘭花也在這時到了高翔的身邊。木蘭花自然也看到了那人，她皺著眉，道：「跌死了！」

高翔點了點頭，這時，在屋子周圍的便衣探員也全圍了攏來。高翔居高臨下叫道：「別碰他，等我下來！」

他和木蘭花挽著安妮，迅速地下了樓，來到了那墜樓而死的人身邊，那人因為頭顱破裂，臉部的肌肉也可怕地變了形。

由於死人的形狀十分可怖，是以安妮在看了一眼之後，便立時偏過了頭去。高翔俯下身，將那人翻了轉來，在他的身上搜了一下。

高翔並沒有搜到什麼，那人的樣子也很普通，三十多歲，膚色黝黑，高翔從前也根本未曾見過這個人。

高翔站了起來，對站在身後的探員吩咐道：「將屍體運走，通知所有部門，翻查檔案，一定要找出這個人的來歷來，將這件事當作頭號緊急任務！」

幾個探員一起答應著，而警車的「嗚嗚」聲也已傳了過來。

高翔緊蹙著眉，向木蘭花望去，木蘭花道：「我們走吧！」

高翔、木蘭花和安妮三人一起走了開去，來到了車旁，安妮道：「我們的線索又全斷了，周絲死了，殺她的凶手也死了！」

高翔道：「現在只希望能在死人的身上找出些線索來，我看這傢伙不像是什麼好人，如果警方有他的檔案，那就好了！」

木蘭花卻搖搖頭道：「高翔，那是沒有用的，就算警方有這個人最詳細的檔案，也是沒有用的，他可能是一個罪犯，但是我們卻不知道是誰主使他的！他當然不會是主犯！」

高翔知道木蘭花講的是實情，是以只得苦笑了一下。

安妮幾次張口欲言，終於叫道：「蘭花姐，高翔哥哥，我……想問一件事。」

安妮想問什麼，還未曾問出來，可是她的面色卻已變得十分蒼白，由此可知，她想問的，一定是一件十分嚴重的事。

木蘭花和高翔一起向她望來。安妮不但面色蒼白，而且她的聲音也在微微發著抖。她吸了一口氣，然後道：「蘭花姐，高翔哥哥，如果現在的秀珍……姐是假冒的，那麼……我的秀珍姐……在什麼地方？」

安妮講到後來，真是又驚又急，忍不住淚水泉湧！

木蘭花和高翔也呆住了！

當他們討論現在的穆秀珍可能是假冒的時候，他們也一起想到過這問題，只是他們都不敢去深一層想這件事，因為那太可怕了！但是，現在安妮將這個問題提出來，他們無法再逃避，非去想這個問題不可了！

他們兩人互望了一眼，面色也變得蒼白起來！

在木蘭花和高翔的冒險生活之中，不知經歷過多少稀奇古怪的事情，他們也曾數度為穆秀珍的安危而擔心，可是，情形如此詭異而嚴重的，這還是第一次！

因為他們一直以為穆秀珍在失蹤之後，已經回來了，直到現在，他們才想到，回來的穆秀珍可能是假的，但已過去大半個月了！

在這大半個月中，如果現在的穆秀珍是假冒的，那麼，真的穆秀珍在什麼地方？何以在匪巢瓦解之際未曾發現她？安妮的這個問題，實是無法回答的。

木蘭花打開了車門，坐了進去，然後向高翔和安妮招了招手，示意他們也坐進來，她緩緩地駛著車子向前去，車中靜得可怕。

過了好一會，木蘭花才出了聲。她道：「安妮，我要先問問你，你將在匪巢中和秀珍見面的情形，再詳細和我們說一遍。」

安妮點頭道：「好，我先是在電視的螢光幕上見到她，後來，幾個人押著她進來……」

安妮將當時的經過詳細地講了一遍，她的記憶力十分之強，是以她的敘述沒有什麼遺漏的地方。

木蘭花用心聽著，等到安妮講完之後，才長長地吁了一口氣，道：「如果我的判斷不錯，安妮那時見到的秀珍，就是假的！」

高翔和安妮都瞪大了眼望著木蘭花，他們雖然沒有出聲，但是他們臉上的神情卻充滿了疑問，因為他們不知木蘭花何以說得如此肯定。

木蘭花停了極短的時間，道：「那是很容易推測得到的，我想，從秀珍的突然失蹤，就是一個巨大的陰謀開始實行的時候，只不過我們一直未曾想到這一點，只以為姚雄是準備對付我們而已，實際上，姚雄的深謀遠慮，是令人吃驚的！」

「他的目的是什麼？」高翔問。

「他的目的，是要以一個假的秀珍，來代替真的秀珍。他原來的計畫，可能是讓安妮在見到了穆秀珍之後，再由穆秀珍救安妮出來！」

高翔和安妮都不出聲。

木蘭花續道：「你們想想，秀珍當時自己也被擒，她連自己脫身也沒有把握，如何會一見安妮，就一再強調要救她出去。」

安妮連忙點頭道：「是的，我當時也覺得有點奇怪。」

「姚雄的計畫，並沒有全部實現，因為我的出現，打亂了他的計畫，但是他的計畫卻也沒有被破壞，因為我們還是將假秀珍當作了真秀珍！」

高翔再一次問道：「那麼，他們的目的又是什麼？」

木蘭花深深地吸了一口氣，將車子停了下來，她的神色凝重到極點，道：「高翔，怎麼你還想不到？假秀珍的目的，是要殺雲四風！」

高翔和安妮兩人，「啊」了一聲叫了出來。

木蘭花道：「現在你們知道了吧？秀珍和雲四風是合法的配偶，如果雲四風一死，那麼，秀珍就自然而然是四風財產的繼承人——」

高翔失聲道：「那麼，假秀珍就是雲氏財團的董事長了！她將可以隨意動用過億的資金，任何犯罪都不會有那樣巨大的收穫！」

安妮的身子在不由自主發著抖，她道：「蘭花姐……我們……真的已肯定現在的秀珍姐是假的了？還是只是我們的推測。」

「到現在為止，只是我們的推測，」木蘭花嚴肅地回答，「因為這實在是一件非同小可的事，但是從種種情形看來，我們的推測是對的。」

高翔接著說：「我們要證實這一點也很容易，她如果是假冒的，是姚雄派來的，那麼，她一定會和姚雄進行聯絡的。」

木蘭花苦笑了一下，道：「我現在更可以肯定，她不肯回來和我們一起住，主要是因為她是假冒的，一回來，便容易露出破綻！」

「而且，也難以和姚雄聯絡！」高翔補充著。

安妮哭了起來，說道：「我們怎樣證實這一點呢？」

「太簡單了，安妮，這件事，要你來做，你將竊聽器放在房中通電話的地方，別讓她發現，我們就可以知道她的秘密了。」木蘭花說：「但是你要注意，就算證實了，你也切不可有絲毫跡象露出來，能不能救回秀珍，全靠我們的假裝了。」

「秀珍姐……還活著麼？」安妮哭著問。

木蘭花踏了油門，車子向前駛了出去，當車子駛出了幾十碼之後，木蘭花才回答了一句：「希望她還活著，希望如此！」

高翔和安妮的心中，都像壓著一塊幾百斤重的大石一樣，一句話也講不出來！

到了警局中，檔案部門已查出了那凶手的身分，那凶手是一個小毒販，曾入獄四次之多，正如木蘭花所料，有了凶手的記錄，一點用處也沒有，因為根本不知道指使那人去行凶的是誰！

高翔自器械室中領出一具強力小型竊聽器來，那具竊聽器，只不過一隻手錶般大小，但是在四里之內，可以藉強力的收聽儀器，聽到它周圍十呎內發出的任何聲音，也就是說，將它放在穆秀珍的新居中，在木蘭花的家中，便可以聽到一切聲音。

將竊聽器交給安妮的時候，木蘭花又道：「安妮，你千萬記住，這可能是你一生之中，所做的最重要的一件事情了！」

安妮點頭道：「我明白。」

木蘭花又道：「你和秀珍的感情最好，你去陪著她，她也不會以為我們已然對她起疑，但是在適當時候，你就應該告辭，你要四風送你回來。」

安妮又點頭答應著。

木蘭花道：「高翔，派一輛車送安妮去。」

高翔忙吩咐一個警官，送安妮出去，然後，他們兩人在辦公室中面對面地坐著，過了半晌，木蘭花才嘆了一聲，道：「我也該回去了。」

高翔忙道：「我——」

「你繼續去跟蹤雲四風。」

「繼續跟蹤雲四風？」高翔大惑不解。

「是的，去保護他，雲四風的生命在極度的危險之中，姚雄可能會考慮到夜長夢多，而用別的方法來謀殺他的，你必須嚴密地保護他！」

高翔忙道：「是。」

他們一起走出了警局，分道揚鑣而去。

安妮坐在駕車的警官之旁，在前往穆秀珍的住所之際，她心中思潮起伏，實在煩亂到了極點。

這件事一開始，她心中便一直在恨雲四風，再也想不到，事情在有了那樣的曲折之後，竟會發現現在的穆秀珍有假冒的可能，那真是太意外了！

安妮知道，現代的整容術，要將一個人的面貌改成和另一個人一樣，並不是十分困難的事，更何況那麼多謎一樣的事，只有假定了現在的穆秀珍是假冒的，才能夠有圓滿的解答。

但安妮還是不願意接受那是事實，她寧願木蘭花的推測是錯誤的！因為如果有假冒的穆秀珍，便會牽涉到另一個問題，那個問題就是安妮問出來之後，連木蘭花也無法回答的那一個問題！

那問題是：真的穆秀珍在哪裡？

安妮思潮起伏，她也不知車子已經到了屋前，直到那警官叫了她幾聲，她才如夢初醒，伸手按了按口袋，那竊聽器在她的口袋中。

那警官問道：「要不要我等你？」

「不必了，」安妮說：「謝謝你送我來。」

她出了車，控制著拐杖，來到了大廳的外面。

玻璃門半開著，安妮看到雲四風正坐在沙發上，面目呆滯，一點表情也沒有。

安妮竭力抑制著自己心頭的感情，叫道：「秀珍姐，秀珍姐！」

穆秀珍應聲走了出來，她圍著圍裙，看樣子正在廚房中，她的手中還沾著麵粉。

安妮道：「我又來了，歡迎麼？」

穆秀珍道：「安妮，這是什麼話。」

安妮直來到了穆秀珍的身前，即使她離得穆秀珍如此之近，她還是無法肯定眼前的穆秀珍是真的，還是假冒的！

她在未到之前，心中著實亂得可以，但是這時，她反倒冷靜了下來，因為她記起了木蘭花的話，木蘭花曾告訴她，她現在在做的，可能是她一生之中最重要的一件事，是以她要盡力做得好！

她用力嗅了嗅，道：「秀珍姐，你在做我最喜歡吃的杏仁布丁！」

安妮最喜歡吃的是香蕉布丁，而不是杏仁布丁，可是穆秀珍卻立時笑了起來，道：「安妮，你的鼻子真尖，我特地準備了你的一份！」

聽到那句話，安妮心中的難過實在是難以形容，一時間，她幾乎要忍不住按下掣，將拐杖中的武器一起向前射出去！

眼前的穆秀珍是假的！安妮已可以肯定這一點了！

世界上自然有人不知道安妮喜歡吃什麼布丁，但是卻絕不應該是穆秀珍，因為當初安妮剛認識穆秀珍之際，她幾天沒有說話，後來所講的第一句話，就是要穆秀珍給她吃香蕉布丁，但是現在的穆秀珍，卻真以為她愛吃杏仁布丁！

安妮要竭力抑制著，才能使自己不放聲大哭！

她做得非常之好，她非但不哭，而且還叫了起來，道：「真是太好了，秀珍姐，我幫你一起去做，自己做的，吃起來更香！」

穆秀珍道：「別來吵我，你和四風在廳中，發現什麼就玩什麼，等我做好了，自然少不了你的份，別進廚房來吵我。」

安妮點頭道：「也好！」

穆秀珍轉身走了進去，安妮向雲四風望來，只聽得雲四風冷冷地道：「你又來做什麼？真是為了吃你並不喜歡的杏仁布丁？」

安妮忙道：「四風哥，等一會你送我回去。」

雲四風呆了一呆，他究竟是一個十分聰明的人，連日來他的打擊雖然大，但是那卻並沒有影響他頭腦的靈活，他立時看出了安妮是別有用意的，他忙點頭道：

「好的，我可以送你回去。」

安妮又低聲道：「我到處走走。」

雲四風點著頭，安妮先到廚房門口張望了片刻，穆秀珍笑著，不讓她進去，安妮並沒有多說什麼，便退了出來，轉到了臥室門口。

當她推開穆秀珍臥室的房門時，安妮已忍不住落下淚來。她已可以肯定現在在廚房中的穆秀珍是假的，她的秀珍姐，現在生死不明！

淚水在不由自主地落了下來，她連忙伸手抹乾眼淚，來到了床頭，將那竊聽器放在床頭櫃的後面，竊聽器上附著尖刺，刺在木上。

在床頭櫃上，有著一具電話。安妮的心頭狂跳著，她立時退了出來，掩好房門，她的行動十分快，只不過花了十幾秒鐘，自然並沒有人看到她在做什麼。

安妮深深地吸了一口氣，她不但將淚痕盡皆抹去，而且在她的臉上再也看不出一點傷心的痕跡，然後，她再到廚房門前和穆秀珍說笑著，一直等穆秀珍做好了布丁，端了出來。

雲四風冷笑一聲，站起身來，走到了花園中，連布丁看也不看一眼。

安妮忙道：「秀珍姐，別理他！」

穆秀珍嘆了一聲，道：「他……變了。」

安妮暗中咬了咬牙，她吃下了很多她最討厭的杏仁布丁，然後咂著舌，道：

「唉，真好吃，以後，我一星期至少來吃三次。」

穆秀珍道：「最好你來吃七次！」

安妮支著拐杖，站了起來，道：「我要走了，叫四風哥送我回去，我要好好問他，為什麼竟敢冷淡了我的秀珍姐！」

穆秀珍道：「希望你別和他吵架！」

她一面和安妮說，一面揚聲叫道：「四風，有空送安妮回去麼？」

雲四風懶洋洋地應了一聲，安妮已來到了外面，雲四風望著安妮，不十分友善地道：「送你回去不要緊，可是你不准和我囉嗦！」

安妮一撇嘴，道：「我愛講什麼就講什麼！」

穆秀珍忙道：「好了！好了！我真不放心讓他送你回去，還不曾出門哩，倒已經吵了起來。四風，不准拼命開快車！」

雲四風沒有說什麼，走進車房，駕著車駛到了門口，安妮在雲四風的身邊坐了下來，雲四風駕著車，立即駛下了斜路。

車子一駛下斜路，安妮回頭看了一眼，看到穆秀珍已經轉身回到了屋中，她立即叫道：「四風哥——」

可是雲四風卻立時向她做了一個噤聲的手勢，伸手向車表板上指了一指，他指的是一具利用磁力吸在表板上的溫度針。

安妮立即明白了，那也是一具偷聽儀！

安妮的頭腦極其靈活，連忙改口道：「四風哥，你若是再那樣欺負秀珍姐，我和蘭花姐絕不會輕易放過你的！」

雲四風道：「我沒有欺負她，你小孩子知道什麼？」

安妮尖聲叫道：「你別以為我不知道，你和那叫周絲的交際花鬼混，你還想令我們相信秀珍姐會對你不利，你是個壞蛋！」

雲四風也怒道：「你再多嘴，我以後就不再見你！」

安妮冷笑著道：「誰希罕見你，我來看秀珍姐！」

車子在木蘭花住所花園外的鐵門前停下，雲四風打開車門，道：「你自己進去吧，我也不想再去聽蘭花的教訓了！」

「你非去不可！」安妮叫著。

「去就去，我怕什麼！」雲四風回答著。

他們兩人一起下了車，推開門，走了進去。才走到一半，來到了噴水池的旁邊，安妮實在忍受不住了，她轉過身，伏在雲四風的肩頭，大聲哭了起來。

雲四風忙扶住了她，道：「安妮，怎麼啦！」

「四風哥！」安妮的眼淚不斷地湧了出來，她一面哭著，一面道：「秀珍姐不知怎麼樣了，現在的那個是假的！」

雲四風面上現出十分苦痛的神情來，這時，一輛摩托車停下，高翔從車上下來，向他們奔了過來，木蘭花也從屋中迎了出來。

安妮一看到木蘭花，又伏在木蘭花的肩上哭了起來。雲四風道：「你們已得到了什麼結論？安妮剛才的表現真好。」

安妮抽噎著，道：「我……吞了一大碟杏仁布丁！」

這句話，在旁人聽來或者莫名其妙，但是木蘭花和高翔卻完全可以明白她的意思，木蘭花忙道：「四風，你得鎮定些！」

雲四風道：「我不會受不住打擊的，因為我早知她不是秀珍了，現在，你們終於也相信了這一點，我只有感到高興。」

他們四人一起來到了客廳之中。

木蘭花道：「她是假冒的，那是再無疑問的了，四風，你是她的丈夫，你已經很明白這一點。但現在我們卻還不能有絲毫表示！」

雲四風點頭道：「我明白。」

木蘭花向安妮望去，道：「那竊聽器——」

安妮道：「我放好了，就放在電話的旁邊。」

安妮的話才一出口，桌上的收聽儀中便已響起了一陣格格格的聲音，和收聽儀相連的答錄機，也自動轉動了起來。

「聽！她打電話！」木蘭花忙說。

那「格格格」的聲響，聽來像是撥電話號碼盤的聲音，等到那種聲音停止之後，電話几上的電話，突然響起了鈴聲！

木蘭花呆了一呆，走過去，拿起了電話來。

每個人都聽到穆秀珍的聲音在問：「蘭花姐，安妮回來了麼，是四風送她回來的！」

「回來了！」

「四風呢？」

「他也走了，但是他走的時候，好像很生氣，我看他暫時不會回家，他或者又到什麼地方買醉去了，秀珍，你該好好對他！」

「唉，蘭花姐，他變了，我有什麼辦法？」

「你至少得勸勸他！」

「等他回來了，我會勸他的。」

「你自己得小心些，別太氣苦了。」

「我知道，有事情我再打電話給你。」

「好的。」木蘭花先放下電話。

然後，各人全聽到穆秀珍也放下了電話，大約過了半分鐘，那種撥動電話號碼盤的聲音又響了起來。

木蘭花可以從電話號碼盤回轉的時間中算出撥動的號碼，她立時寫下了一個電話號碼來。

接著，他們便聽到了穆秀珍的聲音，道：

「大哥呢？大哥在麼？快找他來聽電話，我是金妃！」

一聽到了那兩句話，雲四風、安妮和高翔都不由自主發出了一下驚呼聲來！

他們雖然早已可以肯定現在的穆秀珍是假冒的，但是等到真正證實了的時候，他們還是一樣受到極重的打擊，木蘭花雖然沒有出聲，但是她也緊咬著下唇。

6 發財計畫

過了兩秒鐘，他們便聽到了姚雄的聲音。

姚雄的聲音顯得十分不耐煩，道：「金妃，怎麼還不下手？夜長夢多，你不是不知道，明知他已對你起了疑，還拖什麼？」

「大哥，」金妃（假穆秀珍）說：「我要下手，自然容易，但是要他死得自然卻很難，他不肯吃我經手的任何東西！」

姚雄「哼」地一聲，冷冷道：「別人有沒有懷疑你？」

「沒有，木蘭花他們一點也不懷疑我，我們的佈置十分好，叫周絲去見他，又給他服了迷幻藥，帶他到那樣荒唐的地方去，真好！」

「他們真的不懷疑你？」

「自然是，那我難道還看不出來麼？」

「好，那麼我另外設法去對付他，他在外面遭到了意外，他們自然以為他是飲酒太多的緣故，而你仍然是順理成章的繼承人！」

金妃道：「你最好做得手腳乾淨些！」

「廢話，還要你來教我麼？」

「是！如果沒有什麼意外的話，我不再和你聯絡了！」

「對，越少聯絡越好。」

「格」地一聲，電話已掛斷了。

由於沒有了聲波的輸入，答錄機也自動停了下來。

木蘭花、高翔、雲四風和安妮四人，站著的也好，坐著的也好，卻一動也不動，就像是四個木頭人一樣。

過了足足三分鐘之久，安妮才第一個哭了起來，道：「秀珍姐！」

「別哭！」高翔突然大聲叫了起來。

他那樣大聲呼叫，將安妮嚇了一跳，立時止住了哭聲。

高翔的面色鐵青，道：「蘭花，你剛才記下的電話號碼是什麼？」

木蘭花將紙片推向高翔，高翔立時拿起電話來，通知警局，要警局向有關部門去查那電話號碼的地址，立時來通知他。

五分鐘之後，警局的電話來了。

值日警官在電話中道：「高主任，你問的那電話號碼，地址是高雲路七號，那是一幢相當古老的洋房，業主是 個猶太人。」

「行了，這件事請保守秘密！」高翔將記下的地址念了一遍。「蘭花，我立即派大隊警員，去包圍那幢房子！」

木蘭花卻揚起了手，道：「不能那樣，要去，只能我和你兩個人去，我們先去探聽一下動靜，然後再採取對付的辦法！」

高翔聽了，皺起了眉，木蘭花看他的樣子，像是不十分同意，她解釋道：「現在，我們已知假冒秀珍的，是一個叫金妃的女子。所以我們首先要確定秀珍的安危下落，現在就算將他們一網打盡，秀珍的下落不明，我們仍然處在下風！」

高翔點頭道：「你說得是。」

木蘭花轉過頭去，道：「四風，你要記得，千萬不能離去，一切等我們回來再說，姚雄現在正急於想謀害你，你的生命在極度的危險之中！」

「可是，我等在這裡，也不是辦法！」雲四風說。

「你必須留在我們這裡，姚雄不知道你在什麼地方，你就是安全的，要不然他就會千方百計來謀害你，使那個叫金妃的女子成為你的繼承人。」

雲四風深深地吸了一口氣，道：「秀珍有可能就被他們困在高雲路七號，而你卻要我在這裡等，我想我做不到這一點。」

木蘭花和高翔互望一眼，木蘭花道：「你說得對，我們一起去，安妮，你在家中，那金妃說不定還會打電話來，你就說我和高翔到市區的各家夜總會和酒吧去找雲四風了。」

安妮口唇動了動，想說什麼，但是卻沒有說出來。本來，她是想說她也想一起去的，但是她想到自己行動不便，雖然有那根拐杖為助，但是她仍然不可能像常人一樣爬牆和奔跑的，她若是一定要跟去，那只有阻礙他們的行事。

是以安妮終於沒有出聲，她只是默默地點了點頭。

木蘭花回身上樓，取了應用的東西，就和高翔、雲四風走出了客廳，他們都進了木蘭花的車子，直向高雲路而去。

高雲路是一條十分冷僻的道路，它通向一個海灘，兩面都是山，當他們出發的時候，已是暮色四合，將駛到目的地時，天色已十分黑暗了。

木蘭花將車子駛進了路邊的荒林之中，停了下來。

在那荒林中，他們抬頭向前望去，隱隱可以看到一幢老式洋房的一角，灰色的石柱在黑暗中看來，更充滿著神秘的意味。

整條道路上，似乎只有一幢房子，離這幢房子最近的建築物，只怕也在三五百碼開外，那真是一個靜得出奇的地方。

木蘭花看了片刻，沉聲道：「姚雄是一隻老狐狸，我們已吃了他許多虧，如果不是四風在醫院中就發現牛奶有毒的話，我們的損失更大了，現在，他肯定就在那幢房子之中，但是在房子的四周，他一定有特殊的設備，我們要小心些才好！」

高翔和雲四風都點頭。

木蘭花又道：「現在天色黑，那對我們是十分有利的，我們寧可走些路，繞到山坡後面，然後再逼近那房子，你們意見怎樣？」

雲四風立即道：「那樣最好。」

他們向林外走去，走出了林了，橫過了馬路，高翔走在最前面，循著一條極窄的小道向前走著，向山坡後繞去。

他們在野草和灌木叢中足足走了大半個小時，才來到了那屋子的後面。那時，他們居高臨下，已可以將那屋子的一切看得十分清楚了。

木蘭花在一塊大石上坐了下來，取出了望遠鏡，向前看著。

那屋子上下一共三層，有著很大的花園，木蘭花所在的地方，只可以看到屋子背面，她看到三層都有燈光亮著，不時有人走來走去，樓下反倒烏燈黑火，沒有什麼人。

在那房屋的後院，有兩株十分大的榕樹，枝葉繁茂，伸出圍牆之外，木蘭花的望遠鏡是配有紅外線觀察設備的，她看到在樹上，至少有兩個人躲著。

她將望遠鏡遞給了雲四風。

雲四風道：「那我們怎麼辦？」

木蘭花想了片刻，道：「還是照原來計畫，逼近那屋子去，後院的兩株樹，本來是攀進院子的最好辦法，但樹上有人，我們得另想辦法了！」

高翔和雲四風都同意木蘭花的辦法，他們一齊走下山坡，在他們漸漸接近圍牆的時候，他們的行動十分之小心。

他們藉著山坡上的樹木和石塊掩藏著身形，十分鐘之後，他們已經來到了圍牆腳下，緊靠著圍牆，蹲住了身子不動。

也就在這時，只聽得圍牆之內，不知有多少隻狼狗吠聲，而且還聽到至少有七八頭狗在奔來奔去的聲音，同時還有人在吆喝著，一個人叫道：「狗吠的那麼厲害，你們看到什麼沒有？」

樹上立即有人回答道：「廢話，我們看到什麼，難道不出聲？快拉開狼狗，這樣叫法，有人來的話，也叫狼狗給嚇走了！」

接著，院子中又是幾個人的呼喝聲，狗吠聲依然吵得厲害，木蘭花等三人伏著一動也不動，木蘭花取出了一支金屬管子來，按下一個掣。

當她按下掣時，「嗤」地一聲響，有一股輕霧噴出來，噴在她自己和高翔、雲四風的身上，那種噴霧，帶著一種強烈的氣味。

那本是應付狼狗追蹤的妙物，當噴上這種有強烈氣味的噴霧之後，人原來所出來的氣味便被淹沒，狗即使有著極靈敏的嗅覺，也無法再繼續追蹤下去了，木蘭花在現在這種時候，將那樣的噴霧噴在他們三人的身上，作用自然是相同的。

果然，在噴上了噴霧之後的半分鐘內，犬吠聲便漸漸靜了下來。狼狗自然是聞到有陌生人接近圍牆的氣味，才亂吠起來的。這時，陌生人的氣味已消失，狼狗自然也靜下來！

木蘭花緊蹙著眉，用極低的聲音道：「後邊的防守太嚴，有那群狼狗在，我們就無法進去，還是繞到前院去看看的好。」

他們三人，背緊貼著牆，打橫向前移動著。

他們那樣移動身子，別說在屋子中有人望出來，看不見他們，就算有人站在牆上，除非他低頭直望，否則也不易發現他們的。

他們繞過了兩個牆角，已到了那房子正門的牆前了，那牆前有一排很緊密，修剪得十分整齊的冬青樹，足有四呎高，恰好可以供他們蹲下來，不致被路上的人看到。他們蹲下之後，木蘭花將耳貼在牆上聽了聽，聽不到有什麼動靜。

她低聲道：「我先攀上去，在我攀上去之後，如果沒有什麼動靜，你們便跟著上來，如果有意外，你們就立即離去。」

「我們離去？」高翔問。

「是的，而且不必帶警員來。」

高翔沒有說什麼，在這時候，他不便和木蘭花爭論，木蘭花抬起頭，一揚手，就將一股玻璃纖維的繩索，向上拋了上去。

那繩索的一端，連著一個小小的鉤子，發出十分輕微的一下聲響，鉤子便已鉤在牆頭上，木蘭花用力拉了拉，覺得已夠承力了，便迅速地向上爬去，等她來到了可以看清院子中的情形時，她略停了一停，向院子裡面打量了一下。

她看到花園中的樹木和假山石很多，在牆腳下，就有一排矮樹，足可以藏身，遠處像是有幾個人在走來走去，但一定看不到她。

木蘭花手在牆頭一按，身子一橫，輕輕橫過牆頭，便向下落了下來。那圍牆足有十五呎高，但對木蘭花而言，自然不算什麼。

她的身子十分輕巧地落在地上，立時蹲下了身子。花園中十分寂靜，並不因為木蘭花跳了進來而有什麼變化。

高翔和雲四風在牆外等了幾秒鐘，便也相繼跳了下來。

高翔將收起的繩索交給了木蘭花，木蘭花向前指了一指，她撥開了矮樹，身子像一支箭也似向前衝了出去，衝出四五碼，到了一塊假山石後。

高翔和雲四風兩人，跟在她的後面，也向前用輕快的步子奔著，不一會，他們已可以看到那屋子的正門了。

那屋子的正門，全鑲著顏色玻璃，燈光從屋中透出來，映在石階上，形成五顏六色約斑線。他們那時離石階人約有十五六碼左右。

在正門前，有兩個人在不斷走來走去。

除了那兩個人之外，他們還可以看到，在屋角的石階之後，各站著兩個人，也就是說，一共有六個人守住屋子的正面。

他們三人能夠來到離屋子前只有十五六碼處，還未被那六個人發現，已然是十分不易的事了，若是再要向前去，一定會被他們發現的。

他們三人躲在樹叢的陰暗處，雲四風和高翔兩人都望著木蘭花，木蘭花緊蹙著眉。以她的機智，也想不出什麼好辦法來。

她緊蹙著眉，眼看那兩個人走來走去，來到了左面的牆角，和另兩人低聲講幾句話，然後又走回來，來到右面的牆處。

木蘭花看了足足有五分鐘之久，才轉過身子來，向高翔和雲四風做了一個手勢，指向兩面牆角石柱後的那四個人。

木蘭花是在問他們，照他們看來，四個人是不是在射程之內！木蘭花問的，自然是指他們特製的發射麻醉針的槍械而言，因為若是普通手槍的話，那麼這四個人，毫無疑問，全是在射程之內的。

高翔豎起大拇指來，用測量工程師測距離的方法看了一下，他立即算出，牆角離他們約有十八碼左右，而麻醉針的射程是二十碼。

雖然是在射程之內，但是風向的因素很重要，就算風向的因素是有利的，到了十八碼那樣的距離，麻醉針自然不再強有力。

那也就是說，如果射中他們的衣服，那麼麻醉針就有可能只穿透衣服，而不能射進他們的皮肉，那當然也起不了麻醉的作用了。

高翔向木蘭花還了一個手勢，指了指自己的臉，他的意思是說，如果射向他們的面門的話，那麼，或者會起到麻醉作用的。

木蘭花點了點頭，用極低的聲音道：「射！」

高翔和雲四風各自取出了麻醉槍來，一個向左，一個向右，經過了十來秒的瞄準，他們同時扳動了槍機，各自連放了兩下。

槍機所發出的「啪啪」聲，十分輕微。可是因為花園中十分靜，是以聲音雖然輕微，那兩人也立時轉過身，向他們三人藏身之處望了一望，向前走了過來。

在那時候，木蘭花三人都看到石柱後的四個人，身子晃著，有兩個身子一倒，靠到了石柱上，還有兩個身子軟倒在地上。

高翔和雲四風的四支麻醉針已奏了效！

那時，那兩個向他們藏身之處走來的人，也到了他們的前面，一直到六七碼處，木蘭花突然站起身來，拉動了兩下槍機。

那兩個人身形陡地一凝，他們的手向腹際摸去，看樣子像是想摸槍械來，但是麻醉針既然已射中了他們，他們卻再也沒有機會做任何事了。

木蘭花也已疾衝了出去，在他們兩人的身子還未曾軟倒地上之際，便拉住了他們的衣領，將他們拉進了樹叢之中。

木蘭花身子蹲了下來，道：「你們兩人，像他們兩人一樣，並肩在室前走來走去，走到牆角處時，將倒地的人扶起來，靠在柱上。」

高翔和雲四風直起身來，向前走去。

他們來到了屋後，並肩走著，在黑暗中看來，和剛才那兩人在來回走動，一點分別也沒有，不到一分鐘，兩個倒地的人也被扶起來了。

木蘭花看到自己的妙計已然成功，她穿出了矮樹叢，迅速地來到屋前，沿著石柱，向上翻了上去，轉眼之間，便已跳落在二樓的陽臺之上。

通陽臺的一間房間，並沒有燈光透出來，但是旁邊的房間卻有燈光，木蘭花轉了轉落地玻璃的門柄，門並沒有鎖。

木蘭花輕輕推開了門，閃身進了房間之內，她看清那是一間十分大的臥室，臥室中並沒有人在，木蘭花來到了房門口，向外聽著。

只聽得門外有人走動的聲音，還有人在道：「一點結果也沒有，找不到姓雲的，看來今晚沒有法子下手了。」

木蘭花用極其輕微的動作，將門打開了一道縫，向外望去，當她向外看去的時候，以她的鎮定功夫而論，也陡地嚇了一跳。

只見姚雄和一個人就在門前走過！

木蘭花在門後，距離姚雄，不會超過兩呎！

但姚雄並未曾注意到房門已打開了一道縫，他當然更想不到木蘭花就在門後，他只是一面走過去，一面道：「繼續找！」

他旁邊的那人答應了一聲，站定了身子。

那人就站在房門口！而姚雄繼續在向前走，打開了一扇門，走了進去，隨即將門關上。

木蘭花看到站在房門前的那人，在姚雄進了房間之後，轉身準備走去。也就在那時候，木蘭花陡地拉開房門，一步跨了出去，在那人根本還來不及轉過身來察看身後究竟發生了什麼事情之際，木蘭花的手臂已勾住了那人的脖子，將那人硬拖了進來。

木蘭花的手臂勒得那人十分之緊，以致那人根本出不了聲。而木蘭花一將那人拖了進來，立時便關上了房門，自腰帶中拉出一柄極之鋒銳的小刀來，將刀身平放著，放在那人的右眼之下，刀尖向著他的眼睛。

那人不斷地眨著眼，房間之中的光線很黑暗，那人也根本沒有可能知道突然將他制住的是什麼人，但是就在他眼下明晃晃的刀尖，他卻看得十分清楚！

木蘭花放粗了聲音，在那人的耳際沉聲喝道：「你若是敢弄出什麼聲響來，我就先挖出你的眼珠來，聽到了沒有？」

那人的雙手擺著，表示他不敢出聲。

木蘭花勒住他脖子的手臂，並不放鬆，又問道：「你們的詭計，我已全知道了，老實告訴你，我問的問題，如果你不老實回答，我一樣不客氣的！」

木蘭花在講到「不客氣」三字之際，刀尖用力在那人的眼下壓了一壓，壓得那人的眼珠凸了出來，那人的喉間立時發出了一陣「格格」聲來。

木蘭花這才又問道：「我只問你一句話，穆秀珍在什麼地方？」

她問出了那句話之後，手臂略鬆了一鬆，好讓那人回答她。

那人語帶哭音，道：「我不知道，我不知道什麼叫穆秀珍！」

木蘭花的刀尖突然一側，鋒銳的刀尖立時在那人的臉上刺進了半分，那人喘著氣，道：「我真的不知道，姚大哥什麼也不對我們說的！」

木蘭花冷笑著，道：「你還在胡說！」

那人還未曾回答，突然之間，眼前陡地一亮，陡然間由黑暗變得光亮，木蘭花變得什麼也看不見，但是她的聽覺，卻絲毫也未受到妨礙。

她聽到姚雄的聲音，姚雄道：「他不是胡說，他的確是不知道。」

木蘭花的反應快到了極點，姚雄的聲音才一響起，她已將被她箍住了頸的那人，向姚雄聲音發出之處疾推了過去！

接著，她身子一縮，向後疾退了開去，等到她撞破了玻璃門，追到陽臺上時，她的視覺也恢復了，她聽到了三下槍響。

那個被她推出去推向姚雄的人，雖然已被槍彈射中，只見他身子突然一挺，便向下倒了下去，而木蘭花根本來不及細看下去。

她一退到了陽臺上，身子立時彈了起來。

她身形才一彈起，又是「砰砰」兩下槍響自房中響了起來，但木蘭花的身子已翻出了陽臺的欄杆，向下直翻了下去。

木蘭花在空中連翻了兩個筋斗，等到落地之際，身形一蹲，立時又挺立了起來。

樓上的槍聲一響，在下面的高翔和雲四風知道不妙了，但是變故來得太突然，還不待他們想出什麼辦法之際，木蘭花已跳了下來。

木蘭花剛一落地，十幾條狼狗吠著，已從後院直衝而來。高翔身子在地上一滾，拉下了一枚「鈕扣」，用力向前拋去。

那是一枚很小型的強烈炸彈，只聽得三下轟然巨響，炸彈在狼狗群中爆炸，十餘條狼狗無一倖免，全部倒在血泊中！

不但十幾頭狼狗全受了傷，連隨之奔出來的兩個漢子也已倒地不起，木蘭花揚手道：「我們快退出去！」

可是，當他們三個人想退出之時，卻已遲了！只見持著手提機槍的人已自屋中湧了出來。

他們或者可以對付那些在他們周圍的人，但是姚雄的笑聲已從上面陽臺中響了起來，他的笑聲，令木蘭花等三人抬頭向上看去。

而他們一抬頭向上看時，心中便不禁一凜！

只見在陽臺上，二樓和三樓的窗口上，加起來，至少有十挺以上的手提機槍居高臨下，對準著他們，使他們絕無反抗的餘地。

姚雄不住地笑著，道：「好，稀客，稀客，能蒙三位光臨，真不容易，我也真佩服，不論我躲在哪裡，你們都可以找得到！」

木蘭花等三人全都不出聲。

姚雄喝道：「所有的人全部退回大廳去，據守每一個角落。三位，請到大廳來敘敘如何？既然來了，不會怕進屋子吧？」

在那樣的情形下，他們三人實是絕沒有可能拒絕姚雄的「邀請」的，是以，當所有的槍手全部進去之後，他們也只好走了進去。

那大廳十分寬敞，大得出乎意料之外，兩盞巨大的水晶燈，將大廳中照得十分光亮，木蘭花等三人才一進去，便看到槍手都已在柱後或是傢俱之後，所有的槍口全都對準了他們三人，接著，姚雄便出現了，姚雄出現在二樓，並不走下來。

他只是靠欄杆站著，道：「三位請坐啊！」

雲四風怒道：「懦夫，你不敢下來麼！」

姚雄笑了起來，道：「雲先生，你真不會享福，金妃是一個美人兒，她比穆秀珍好看多了，而你竟然冷落了她！」

雲四風面上的怒容越來越甚，高翔的神情也和雲四風差不多，而木蘭花的鎮定，倒的確是高人一等，她在沙發上坐了下來。

她坐下了之後，冷笑一聲，道：「姚雄，你的計畫真不錯啊，金妃也幫了你一個大忙，若不是她故意撞了一下車，你也逃不了！」

姚雄笑著道：「當然，但是翻下懸崖之後，能逃脫你們的搜索，那卻要靠我自己的本事了，對不對，木蘭花小姐？」

「不錯。」木蘭花由衷地說。

姚雄得意地搓著手道：「我的計畫，可以說是世界上最龐大的發財計畫了，雲先生，在你死了之後，你的未亡人可以動用多少資產？」

雲四風悶哼了一聲，並不回答。

姚雄又笑了起來，道：「最妙的是，不論她動用多少錢，也不論她將錢用到什麼地方，更不論她如何拋售產業股票，出讓工廠，那一切，全是合法的！」

姚雄講到這裡，略頓了一頓，又道：「因為沒有人知道她是金妃，而不是穆秀珍，就算是知道了，也沒有人能夠證明！」

木蘭花冷冷地道：「我想你的如意算盤打不響了，你的陰謀，我們全知道了，金妃的面容雖然經過外科手術，變得和穆秀珍一樣，難道指紋也會一樣麼？」

姚雄笑得更大聲，道：「你以為我是什麼人，會想不到指紋這一節，我不妨告訴你，她的十隻手指也都經過手術，她的指紋，是和穆秀珍一樣的，任何專家都必須承認她就是穆秀珍！」

木蘭花的身子在沙發上靠了靠，沒說什麼。

姚雄又道：「雲先生，我們正在到處找你，想不到你倒來了，今天晚上，你將死於車禍，法醫會在你的血液中找到大量的酒精。」

雲四風面色鐵青，道：「秀珍在哪裡？」

姚雄並不回答，又轉向高翔，道：「高主任，你呢，今晚開始，也要神秘失蹤了，當然，有蘭花小姐陪著你一起失蹤！」

高翔向木蘭花望去，木蘭花向高翔使了一個眼色，示意高翔鎮定，高翔不禁苦笑了起來。

姚雄喝道：「先請雲先生出去！」

兩個槍手立時從柱後走了出來，槍口對準了雲四風，姚雄道：「雲先生，真對不起了，你不得不死於車禍，快走吧。」

雲四風身形凝立著，一動也不動。

兩個槍手來到了他的身前，大聲呼喝著，就在他們叱喝之際，雲四風的身子突然向上一跳，雙腳疾踢了出去，正踢在那兩名槍手的胯下！

那兩名槍手慘叫一聲，向後便倒，高翔一步竄上前去，已搶了一柄手提機槍在手，立時在地上打著滾，一面打滾，一面不斷掃射。

木蘭花也從沙發中翻到沙發的背後，大廳之中，剎那之間亂到了極點，高翔的手提機槍向上掃射著，姚雄已退了回去。

在高翔一開始奪槍之際，雲四風便也伏在地上，也拾到了一柄槍，滾到了大柱之後，不斷地掃射著，槍手面對猝然而來的攻擊，連忙還擊。

十幾柄手提機槍的聲響，是如此之驚人，就算這裡冷僻，也不可能不驚動人，是以不久，便聽到警車的號角聲，「嗚嗚」地響了起來。

一聽到警車聲，那些槍手紛紛奪門而逃，可是他們卻沒有一個可以逃脫高翔和雲四風兩人的掃射，不是重傷，便是橫死！

等到大隊警員衝了進來，槍聲也突然靜止了。

木蘭花和高翔立即向樓上衝擊，可是姚雄卻已經不見了。高翔連忙再通知警方，派大隊人馬去逮捕金妃，但是半小時後報告來到，金妃也失蹤了！

金妃自然是得到姚雄的通知，事情已敗露了才溜走的，而木蘭花在逐間房間搜索時，也知道了姚雄會突然出現的道理。

原來那臥室的牆上，有一面鏡子，可是那面鏡子的另一面，卻是一塊玻璃，姚雄當時是在隔鄰的房間中，那臥室中發生的一切，他可以看得清清楚楚！

木蘭花看到了那種情形，她實是不禁苦笑，因為如果不是那樣的話，她或者可以探聽到的秘密，對事情有幫助些，但現在卻不行了。

現在看來他們已大獲全勝，迫得姚雄逃走，連金妃也不能再冒充穆秀珍了，姚雄處心積慮的陰謀，可以說完全破了產。

但是實際上，木蘭花他們卻根本沒有勝利，因為他們仍然不知道穆秀珍在什麼地方，搜遍了屋子，但未曾找到穆秀珍！

所以忙了一夜，離開屋子時，他們是垂頭喪氣，神情頹然的。

7 開出條件

木蘭花等人忙了一夜，自然是十分疲倦了，然而，真令得他們感到極度疲倦的，卻是精神上的打擊，他們頹喪得什麼話也不願說。

木蘭花從來也不是那樣易於沮喪的人，可是卻也不例外，像那種幾乎連話也不願說的沮喪情形，在木蘭花的身上真是十分罕見的。

木蘭花在低頭走出了幾步之後，才道：「一起到我們那裡去坐坐可好？我們在一起，或者會想出對付的辦法來的。」

雲四風、高翔苦笑著，點頭道：「好。」

木蘭花領頭，走向她的車子，當地駕著車向前駛去的時候，在她的臉上，又漸漸透出了堅毅的神情來，車子很快駛進了郊區。

木蘭花深深地吸著迎面而來的春風，她沉聲道：「我們不必沮喪，我相信姚雄在受到這次打擊之後，一定比我們更難過！」

高翔道：「或者是，但是秀珍——」

木蘭花立即打斷了他的話頭，道：「現在我想通了，秀珍一定還在姚雄的囚禁之中。」

雲四風驚喜交集，道：「你怎麼知她一定沒有意外？」

「我可以肯定，因為姚雄是如此深謀遠慮的人，他的行事有一整套的計畫，而且，他也準備著計畫失敗之後的應付情形。他決計不會做失敗之後無法應付的事，我肯定他會留著秀珍，因為現在，秀珍是他手中唯一對付我們的王牌！」

「你是說，他會用秀珍威脅我們？」高翔問。

「是的，而且，我還估計，他會立即就會向我們開出條件的。」木蘭花說：「他不肯空手而回，他一定會勒索一筆錢！」

「只要秀珍能安全回來——」雲四風立即說著，可是他話講到了一半，便住了口。他本來是想說，只要秀珍能回來，不論多少錢，他都不在乎的。

但是，他卻立即想到，如果出錢使秀珍回來，那麼這是對罪惡的一種屈服，不是事情到萬不得已的程度，誰也不肯那樣做的！

當雲四風的話突然停止之後，車廂之中也靜了下來，車子在公路上飛也似的疾駛著，不一會，便已可以看到木蘭花的住所了。

車子在鐵門前停了下來，高翔下車，推開了鐵門，木蘭花將車子緩緩地駛進了花園，他們一起到了客廳中，木蘭花向電話望了眼。

而就在她向電話望去的時候，電話突然響起來。

木蘭花走向電話，伸手按放在電話之上，她先深深地吸了一口氣，才拿起電話來，然後，不等對方有任何聲音，她就沉聲道：「姚先生！」

那邊沉默了足有半分鐘之久，才聽到了姚雄的聲音，道：「真了不起，木蘭花小姐，本來我只佩服你三分，現在我佩服你八分了！」

木蘭花笑了笑，道：「你很快就會佩服我十分了！」

「或者會，蘭花小姐，我想，我不必講什麼廢話了，我要五千萬，對雲氏集團來說，這個數字不是太大，且可以調得出來的。」

高翔、雲四風和安妮緊張地聚在電話旁邊。

木蘭花又笑了笑，道：「你開的價錢倒很公道，可是我們怎知道秀珍真是在你手中——不要讓我聽她的聲音，金妃的聲音和她一模一樣！」

「自然，我得先讓你們看看她，我想，讓雲四風去見她，是最合適了，對不對？」姚雄一面說著，發出了兩下笑聲。

「雲先生怎樣和她見面？」木蘭花問。

姚雄縱聲笑了起來，道：「不知道你們是不是歡迎，我想來拜訪你們，然後，和雲四風先生一起去看他的太太，你歡迎麼？」

木蘭花不禁緩緩地吸了一口氣。

而圍在電話旁的高翔、雲四風和安妮三人，面上也現出了奇怪之極的神色來，姚雄突然要到這裡來，那實在太不可思議了！

然而在木蘭花的聲音聽來，卻像是那是最普通的事情一樣，她立即道：「好啊，歡迎你來，不知道你什麼時候可以到？」

「盡快！」姚雄口答著，掛上了電話。

木蘭花也立時放下電話，她迅速地吩咐道：「安妮，快將我書桌右手抽屜的那六枚小型炸彈拿來，交給四風，姚雄要來！」

安妮忙控制著輪椅上樓去，木蘭花又道：「四風，姚雄現在來見我們，他是有恃無恐的，你必須記得一點，你一定要堅持見到秀珍本人！」

雲四風點著頭，高翔激憤地道：「我們沒有辦法對付他，就眼看他那樣無法無天？」

木蘭花的聲音十分沉著，道：「暫時只好那樣！」

她像是忽然想起了什麼，抬起頭來，高聲叫道，「安妮，別忘記那具無線電波示蹤儀！」

木蘭花那一句話剛出口，一輛汽車已駛到了鐵門前，「波波」兩下喇叭聲，傳了過來，雲四風失聲道：「他來得好快！」

木蘭花道：「是的，我已經料到了，他不讓我們有時間準備，高翔，你去開門，大家切記不要衝動，那是為秀珍！」

高翔的面色十分難看，但是他還是轉身向外走去，當他來到鐵門前時，一個體形瘦長的中年人從車子跨了出來。

高翔拉開了鐵門，冷冷地道：「請！」

他的態度雖然十分冷漠，可是他的心中卻也著實佩服姚雄有那樣的膽量，敢於親自來到木蘭花的住所，這可以說是前所未有的挑戰！

和木蘭花在一起，高翔應付過各種的匪徒，但是至今為止，敢公然和木蘭花正面為敵，登門造訪的，還只有姚雄一個！

姚雄走了進來，滿面笑容地向高翔伸出手來，當他看到高翔不像有和他握手之意時，他打了一個哈哈，縮回手去，道：「幸會，高主任！」

高翔冷笑了一聲，道：「請！」

姚雄步法瀟灑，滿不在乎地向前走去，高翔跟在他的後面，當他們人一前一後的走進客廳的時候，正看到安妮、雲四風和木蘭花三個並肩站著。

姚雄直來到了木蘭花之前，十分有風度地微微一鞠躬，道：「蘭花小姐，你是最令我佩服的一個人，泰國鬥魚和他的情婦失敗在你的手中，真是天公地道！」

姚雄的話，說得十分得體，木蘭花甚至伸出手來，和他握著。

當木蘭花在和姚雄握手之際，她用極快的手法，將一具無線電波示蹤儀刺在姚雄的西裝袖上，那示蹤儀不會比一粒鈕扣更大，而附在上面的尖刺，是有倒鉤的，一定不會失落。

這具示蹤儀發出的無線電波，可以利用一具接收儀器收聽到，同時，也可以在接收儀上辨明示蹤儀所在的方位和距離。

那樣，不論姚雄到什麼地方去，木蘭花都可以知道了。

木蘭花縮回了手來，道：「請坐！」

姚雄卻像是十分有禮貌，又稱呼了雲四風和安妮，然後才坐了下來，他臉上始終接著微笑，道：「算來我們已經兩次失敗了，但總算還好，我在做任何事情之前，總是預算著有什麼意外的，所以，我現在還不致於一敗塗地，對不對？」

木蘭花望了他半晌，才道：「姚先生，我也很佩服你的處事魄力和眼光，所以我勸你一句，現在是你應該收手的時候了！」

姚雄揚起了眉，道：「你的意思是——」

「我的意思是，你現在回去，將秀珍送過來，過往的一切，我們全一筆勾消，雲先生還可以給你適當的本錢，以你的才能而論，長袖善舞，一定可站得穩的。」

姚雄十分認真地點著頭，道：「這提議很好，原則上我同意，只是不知道雲先生肯給我多少錢？我認為這一點才是最重要的。」

雲四風怒道：「我不會——」

木蘭花笑道：「四風，如果我們能夠和姚先生化敵為友的話，那自然是最好的辦法了，我想一兩百萬的數目，你是不在乎的。」

雲四風勉強笑了一下，道：「嗯。」

木蘭花立時轉頭向姚雄看去，姚雄老奸巨滑地笑了起來，道：「小姐，你的誠意幾乎將我感動了，但是我還是堅持原來的數目。」

木蘭花的臉色微微一變，道：「好，那麼，就只好先請你帶雲先生去看看秀珍，然後，我們再來商量一下細節問題！」

姚雄站了起來，道：「各位放心，我一定會將雲先生好好送回來的。雲先生，如果你不介意的話，請你戴上這個，好不？」

姚雄取出了一面蒙眼的黑巾來揚了揚。

雲四風氣得臉色煞白，木蘭花立即道：「四風，我們講好了的，你跟姚先生去，看到了秀珍之後再回來，我們才慢慢商量。」

雲四風一伸手，在姚雄的手中將蒙眼中搶了過來，又深深地吸了一口氣，強遏著心頭的怒火，將那面黑布蒙在自己的眼上。

姚雄挽住了雲四風，又向各人點頭，向外走去，安妮自始至終，一句話也沒有講過，她的手指按在拐杖的武器發射鈕上。

為了控制著自己的情緒，使她的手指不按下去，她的手指已緊張得在微微發抖了，她的雙眼之中，像是有憤怒之火在噴出來一樣。

姚雄帶著雲四風，很快便穿過了花園，高翔跟在後面，但是木蘭花叫住了他，高翔站在花園中，眼看著雲四風和姚雄一齊上了車，疾駛而去。

高翔腳步沉重地回到了客廳中，安妮迸出了一句話來，她道：「高翔哥，蘭花姐，我在懷疑我們那樣做，是不是對！」

她說到後來，語調中已有了明顯的哭音！

木蘭花忙將她扶住，低聲道：「鎮定些，安妮，事情快過去了，快去書房，注意著無線電波接收儀上的信號，我們現在的做法是不得已的做法！」

安妮吸了一口氣，轉過身上樓去了。

木蘭花和高翔一起坐了下來，高翔將頭靠在沙發的靠背上，閉著眼，木蘭花選了一張唱片，播放了出來。

那是一張懷念遠方親人的民歌的樂集，木蘭花將聲音調得十分低，低沉的歌聲在客廳中縈繞著，令得他們兩人的心情更加沉重！

雲四風坐到了車廂中，他的手心在冒著汗。

他知道自己此行，是他一生之中，最嚴峻的考驗了！

當高翔出去給姚雄開門的時候，安妮從樓上下來，將那六枚小型炸彈交在雲四風的手上，雲四風立時將之放到衣袋中。

那六枚小型炸彈，製造得十分巧妙，從外型看來，完全是一支香煙，兩頭看來是煙草，小型炸彈藏在香煙的中間部分。

那六枚小型炸彈，每一枚的威力足可以在四吋厚的水泥牆上，炸上一個洞！

當雲四風接過那六枚小型炸彈之際，木蘭花曾對他講了幾句話。木蘭花對他說：「四風，這是防備用的，我絕不希望你去做英雄，姚雄敢帶你去見秀珍，他必然有防備，我要你和秀珍都安全回來，而不是去和匪徒同歸於盡。」

木蘭花的話，一個字一個字地印在雲四風的心中。當時雲四風用力點了點頭，高翔和姚雄便已經走進客廳來了。

雲四風這時，雙眼被蒙著，什麼也看不到。他只是可以覺出，姚雄將車子駛得十分快，雲四風也沒有試圖將蒙眼的黑布拉下來。

因為雲四風知道，在姚雄逗留在客廳的那段時間中，木蘭花一定已將那示蹤儀放在姚雄的身上了，他自然不必再去看車子駛向何方。

至少有二十分鐘之久，車子都在飛駛著，然後，突然經過了一陣十分不平整的路段之後，車子便停了下來，雲四風聽得姚雄道：「快帶著我的上衣駛離開去，將我的衣服掛在樹上，越遠越好！」

另外兩個人一起答應著。

雲四風聽得姚雄那樣吩咐，心已向下一沉，接著，他又聽得姚雄笑了一下，道：「因為木蘭花將一枚示蹤儀放進了我的袋中，所以我才不得不那樣做的。木蘭花那樣做法，我不表示欽佩，談交易，雙方都要有誠意才行的啊，雲先生，是不是？」

雲四風悶哼了一聲，並不回答。

姚雄又道：「現在，你可以拉開蒙眼布了。」

雲四風拉開了蒙眼的黑布，他以為可以看清楚眼前的情形了，但是事實又出乎他的意料之外，兩股強光向他逼射了過來。

雲四風怒喝道：「這算是什麼？」

「請向著燈光走去，雲先生！」

雲四風將眼睇了一條縫，他向前走出去，他必須走得十分小心。因為那兩股強光逼得他幾乎什麼也看不到，雲四風覺得他是在一所建築物之內。而那建築物，十分寬大，看來像是貨倉。

雲四風沉著氣，走出了十幾碼左右，強光突然熄滅！

當強光照射著雲四風的時候，他什麼也看不到，這時燈光熄滅，他一樣什麼也看不到，但就在那時，他的背後有兩支硬物頂了上來。

同時在他的身後，又響起了兩個人的呼喝聲，道：「向前再踏出一步！」

雲四風又向前踏出了一步，他覺得身子竟然向上升了上去，但是立即又停止了下來，那時，他的視線已漸漸恢復正常了。

他看到自己是在一個極小的升降機中，升降機的門已打開，他向外走去，外面是一條走廊，走廊上密佈著大漢，每一個大漢的手中全持著武器。

雲四風吸了一口氣，停了下來，兩個大漢向雲四風走來，帶著雲四風向前走去，來到了一扇門前，那兩大漢中的一個，用力抓住了雲四風的手背，另一個用鑰匙打開了門，那一個握住雲四風手背的，突然用力將雲四風推了進去。

雲四風不由自主跌了進去，他背後的門，立時「砰」地一聲關上，雲四風還未曾定過神來，「呼」地一聲，一件東西便拋了過來。

雲四風連忙一低頭，那東西在他的頭頂飛過，「砰」地一聲，撞在牆上，那是一隻花瓶，已在牆上撞成了碎片。

雲四風連忙定睛向前看去，那是一間約有兩百平方呎的房間，光線相當暗，他看到了穆秀珍，穆秀珍手叉著腰，站在離他三碼處。

那是穆秀珍！

雲四風一眼就可以認出來了，那是他的穆秀珍，他的唇發著抖，他想叫秀珍，可是卻什麼聲音也發不出來。

穆秀珍的手中還握著一樣東西，看她的樣子，是準備又將那東西向前拋來，但是她卻僵住了，因為她也看到了雲四風！

他們兩人都僵立著。

突然之間，他們不約而同叫了起來，他們的心中都想叫對方的名字，但是結果，他們叫出來的，卻是一下毫無意義的聲音。

接著，他們之間二碼的距離，在不到十分之一秒之中化為烏有，他們兩人緊緊地擁在一起，那是秀珍，那真是他的秀珍！

他們兩人相擁了足足有三分鐘之久。

然後，穆秀珍吸著氣，道：「四風，我知道你一定會來的，我知道一定的，但是為什麼你那麼久才來？我幾乎已失望了！」

雲四風喘著氣道：「秀珍，說來話實在太長了，你還好麼？他們有沒有虐待你？你這些日子來……秀珍，我真不知說什麼才好了！」

穆秀珍一呆，道：「四風，你是怎麼來的？你也落入了他們的手中？唉，我已試過不知多少方法了，可就是逃不出去！」

雲四風還想說什麼時，房門突然打開。

隨著房門打開，兩股極強烈的光芒照了進來，剎那之間，雲四風、穆秀珍什麼也看不見，雲四風拉著穆秀珍的手，將穆秀珍拉到了身邊。

門口響起了姚雄的聲音，道：「你會見的時間到了，雲先生，為了避免有意外發生，你還是立即走出房間來比較好些。」

在那一剎間，雲四風想到，如果自己突然向前拋出炸彈，會有什麼的結果！

他也立即有了答案，拋出炸彈，當然可以炸傷很多人。但是他和穆秀珍卻依然不會有機會逃出去的，因為姚雄的手下十分多，他絕不能在一剎間將所有的歹徒盡皆殲滅的。

雲四風在強光的照射下，表現得十分鎮定，他取出了那放著六枚小型炸彈的煙盒來，那煙盒看來是一隻十分普通的硬紙煙盒。

然後，他打開煙盒，取出了一支煙，含在口中，他的動作十分自然，他含著煙後，又將煙取了下來，道：「不能延長一些時間麼？」

「不能，雲先生！」姚雄回答道。

雲四風順手將煙盒放在桌上，他轉過頭去，道：「秀珍，你別心急，很快就會有結果的了，事情很快就會結束了。」

穆秀珍看到了雲四風的所有動作，在人家看來，幾支香煙，實在是微不足道的事，但是穆秀珍卻全然知道那是什麼。

自從在「兄弟姐妹號」上被擄以來，穆秀珍一直被囚禁在這裡，這些日子來，外界究竟發生了什麼事，她完全不知道。

她也不知道何以雲四風會忽然來到的，但是她卻知道，有了那五枚小型炸彈之後，她可以再一次試著逃出去了，她已試過許多次，但是卻都沒有法子成功！

她住的那間房間，根本沒有窗子，新鮮的空氣是通過一排管子輸送進來的。她需要的食物，也通過另一根較粗的管子送進來。

那扇房門，自從她被囚以來，還是第一次打開，她早已經知道，那門上包著十分結實的銅皮，她根本無法橇開門來。

但是，那一切，只是過去的情形，有了五枚小型炸彈之後，情形就會改觀了，所以，穆秀珍並不說什麼，只是望著雲四風。

雲四風向外走去，他才走出了兩步，門外突然又響起了姚雄的聲音，道：「雲先生，你忘了你那盒煙了，穆小姐是不吸煙的！」

雲四風的心頭怦怦地跳了起來，他立時轉過身，道：「是啊，我的記性太壞了，但一盒紙煙，姚先生何必那麼緊張？」

姚雄笑了笑，道：「那是大買賣啊，雲先生，我不得不小心些，和我進行買賣的對手，是如此之強，我能夠不小心麼？」

雲四風並不立時轉過身去，他只是拿出打火機來，「啪」地一聲，點燃了他口上的那支煙，深深地吸了幾口，然後才轉過身。

雖然他心中十分希望將五枚小型炸彈留下給穆秀珍用，可是在那樣的情形下，他卻沒有法子可想，他只得收回了那煙盒。

而當他在收回煙盒的時候，向穆秀珍眨了眨眼，穆秀珍立時道：「誰說我不抽煙，我從現在起，就學抽煙，給我試試！」

她一伸手，就從雲四風的口中將那支煙取了下來。

姚雄立時笑了起來，道：「穆小姐如果想吸煙的話，我可以大量供應，但是雲先生的煙盒卻絕不能留下，雲先生，你該走了。」

雲四風轉身向外走去。

當姚雄發出一陣奸笑聲之際，穆秀珍真怕他會連那支已點燃了的香煙也會逼她放棄，但是精細的姚雄卻也被瞞過了！

姚雄也想不到，那香煙的中間藏著一枚小型炸彈！因為那支香煙已經點了，而且姚雄還看到雲四風吸過了兩三口！

雲四風一出去，強光立時熄滅，門也砰地關上。

穆秀珍連忙將香煙拉斷，真危險，如果雲四風遲一步出去，香煙已經快要燒到藏著炸彈的部分了，如果一燒到，炸彈當然會立時爆炸的。

穆秀珍弄熄了煙，將那枚小小的炸彈拆了出來。

她可以有機會有五枚那樣的小型炸彈的，結果，卻因為姚雄的精明，她只得到了一枚。有五枚和有一枚的分別，實在太大了！

她只有一枚小型炸彈，只能使用一次，她必須想出一個最好的使用方法，一定要一用之下，就能夠使她逃離這裡的。

應該如何用呢！穆秀珍雖然是一個性急的人，但因為事情關係太重大了，她不能不仔細地考慮過之後，才作出決定來。

她已經想到，雲四風來看她，一定是姚雄要藉自己而向雲四風勒索，所以必須要逃出去，她只有這一枚炸彈可供利用，如果她失敗了，那就再也沒有機會了！

穆秀珍來回踱著，苦苦思索著。

她的確是難以決定，因為她根本不知道自己在什麼地方，也不知道房間外面的環境怎樣！

雲四風一出了房門，強光一直跟著他，和上來的時候一樣，雲四風一個人進了升降機，當升降機降下的時候，他又被蒙上黑布。

然後他被帶上車子，車子疾駛著，大約二十分鐘才停了下來。

姚雄的聲音在他的耳際響起，道：「你已經看到穆秀珍了，我給你二十四小時去考慮，我的價錢是五千萬，一點也不能少，十二小時之後，我會和你們通一次電話，如果那時，你們還沒有決定，到最後五分鐘，我還會和你通電話的，你明白了？」

雲四風咬著牙，悶哼了一聲。

姚雄道：「請下車，我不再去見木蘭花了，而且，她可能不在家中，她一定去找我那件吩咐人掛在樹上的上衣去了。」

雲四風拉下蒙眼布，打開車門。

他才下了車，姚雄便駕著車，疾轉了一個彎，幾乎在一秒鐘之內，便沒入了黑暗之中。

雲四風呆了半晌，才弄清自己是在郊外的公路上。

他看到前面一個加油站的燈光，他也知道那加油站，離木蘭花的住所只不過半哩，他走去的話，十五分鐘就可以走到了。

雲四風大步向前走去，然而，他不必走完那段路程，木蘭花的車子便在他的身邊停下來。木蘭花駕著車，在她的身邊的是高翔。

木蘭花一看到雲四風，就苦笑了一下，道：「姚雄發覺了那示蹤器？」

「我知道，」雲四風回答著，「我已見到秀珍。」

「快上車來，將詳細的情形講給我們聽。」

雲四風上了車，他將自己的一切遭遇講得十分詳細，他還未曾講完，便已回到了家中，安妮迎了出來，雲四風繼續講著。

雲四風講到他最後留下了一枚炸彈給穆秀珍時，木蘭花一點沒有高興的樣子，反倒蹙著眉，道：「四風，你太衝動了！」

雲四風張著口，木蘭花道：「照你所說的情形看來，秀珍的門外是一條走廊，秀珍只憑一枚炸彈，是不可能逃出來的。」

「她可以將門炸開！」安妮說。

「對的，她可以炸開門，但炸開門之後呢？」木蘭花問：「走廊中全是槍手，秀珍有什麼機會可以逃得出來？那只會增加她的危險！」

雲四風漲紅了臉，道：「我只是……想她有一些自衛的力量！」

木蘭花嘆了一聲，道：「現在只好希望秀珍不要使用那枚炸彈……但是，如果她不用那炸彈的話，那她就不是秀珍了！」

高翔、雲四風和安妮三人都苦笑著。

因為他們全知道，木蘭花講得對，如果穆秀珍有一枚炸彈在手，而她又被困著，她竟不用炸彈，她就不是穆秀珍了！

而正因為那樣，所以才更增加他們的憂慮！

8 惡夢過去

在囚室中，穆秀珍所考慮的，絕不是用不用那枚炸彈，她只是在考慮，如何使用，才能使自己逃出這一間囚室，回復自由！

穆秀珍吃虧在對自己所在地方，一切環境，根本完全不知道，她只知道自己是在一間房間之內，房間外面的情形如何，她一無所知。

她來到了和房門相對的牆前，用手指敲著牆。

從發出的聲音聽來，牆是磚砌成的，她手中的小型炸彈，足以將之炸出一個大洞來。

可是，場外是什麼所在呢？

如果牆外就是平地，那麼她自然有足夠的機會逃走，但如果她是在高樓之上，那麼，即使牆上出現了一個大洞，還不是自己開自己的玩笑。

所以穆秀珍猶豫著。

她又抬頭向上看去，天花板上有一盞半明不暗的電燈，屋角處是一排管子，新鮮的空氣就從那裡輸送進來。

如果她將那枚小型的烈性炸彈，自那根管子中塞進去，那麼可以肯定，一定會引起匪巢中的一場極其嚴重的大混亂。但是那種混亂，對她的逃亡卻絕無幫助！

穆秀珍慢慢地低下頭來。

當她低下頭來之際，她不禁嘆了一口氣，而就在那時，她的心中突然一動，她的視線先停在那一排管子上。

然後，她又望向門口，在那一剎那間，她已有了冒險的決定！

木蘭花在知道雲四風將一枚小型烈性炸彈留給了穆秀珍之後，略為埋怨了雲四風幾句，並不是沒有原因的。

那還是她知道雲四風自己的心情也十分不好，是以不忍心說得他太重之故，事實上，木蘭花一聽，就知道穆秀珍的處境更危險了！

沒那枚炸彈，穆秀珍無法可施，而有了這枚炸彈之後，穆秀珍一定不肯靜靜地躺在囚室之中，而單憑一枚炸彈就想逃出匪巢……

當木蘭花想到這一點的時候，她明知事情沒有可能，也只好將希望寄在穆秀珍不會使用炸彈這一點上了。

事實上，穆秀珍何嘗不知道自己的決定再妥善，也是十分冒險的道理。但是，穆秀珍就是穆秀珍，她想到就要做，還顧得什麼危險？

穆秀珍小心地將那枚小型炸彈放在衣袋中，然後，她走進了浴室中，她將兩條大毛巾撕成了條條。

她花了不到一小時，在她的手中已有一條用折碎的毛巾搓成的繩子了，那條繩子大約有十二呎長，已足夠她在計畫中使用了。

她在繩上打了一個活扣，回到了房間中，將那活扣向接近天花板的輸氣管上套去。她試了三次，才將活扣套到了管子上。

然後，她拉緊繩子。

在那一剎間，她真怕那一排管子承受不起她的體重，如果是那樣的話，那麼，她的計畫就要改變，而她也想不出什麼更好的辦法來了！

穆秀珍在繩子套住了那排管子之後，用力拉了一拉，那排管子並沒有彎下來。以穆秀珍的身手而論，要拉著繩子爬上去，真是輕而易舉的事。穆秀珍爬了上去，那樣，她便變得存身在天花板的一角了。

她一手拉住了繩子，一手將那枚小型烈性炸彈自袋中取了出來。

在那一剎那之間，她心頭上也不禁緊張得怦怦亂跳起來。

她再將自己的計畫想了一遍，覺得實在沒有什麼更好的辦法了，是以她用牙齒咬去了炸彈上的引線，將炸彈向房門拋去。

當那枚小型烈性炸彈落到了房門近前時，爆炸便發生了。

那一下爆炸聲是如此之響，爆炸的氣浪是如此之強，令得穆秀珍在剎那間，幾乎什麼都不能想！

而就在那一下轟然巨響，火光濃煙陡地發生，密佈房內之際，穆秀珍看得很清楚，那扇房門在爆炸中，整扇向外飛了出去。

驚人的喧嘩聲從走廊中傳了過來。

立時有兩名槍手，提著手提機槍，槍口噴著火舌，槍聲驚心動魄，他們一面瘋狂地向房間中掃射著，一面衝了進來。

如果他們只是在房間門上掃射，那麼穆秀珍或者還無可奈何，可是他們兩人卻衝了進來，那正是穆秀珍計畫中希望發生的情形！

那兩個槍手以發射出來的子彈，在整個房間中呼嘯著。可是他們卻絕對想不到，穆秀珍躲在天花板的一角之上，根本射不中她！

他們瘋狂地掃射了足足有半分鐘之久，才停了停。

而就在那一剎間，穆秀珍的身子突然沿著繩子滑了下來，當她滑到離地面還有五六呎之際，她雙腳在牆上用力一蹬！

那一蹬，令她的身子雖然還掛在繩子上，但是卻向上盪了起來，那兩個槍手覺出眼前一花，像是有什麼東西向自己飛了過來。

他們兩人連忙取槍向上，可是，卻已經太遲了！

穆秀珍向上盪起來的勢子十分之快，在不到三秒的時間內，已盪到了那兩個槍手的面門上，她清楚地聽到兩人鼻梁骨的折斷之聲，那兩人的身子也立時向下倒去。

穆秀珍手一鬆，人已落了下來。

她一落下來，先向左邊著地便滾，她才滾了兩滾，已將那兩名槍手手中的手提機槍一起搶奪了過來！

穆秀珍被囚禁了那麼久，連和敵人對抗的機會都沒有，這時她有了機會，動作之快捷、靈敏、勇敢，簡直就如同出柙的猛虎一樣。

穆秀珍一槍到手，那兩個倒在地上的槍手才大聲呼叫起來，可見穆秀珍的動作何等快疾，而走廊中，這時也響起密集的槍聲。

穆秀珍伏在地上，她已看清門外是一條走廊，在門口剛有人影一閃之間，她便扳動了槍機，那兩人立時便倒在門口。

穆秀珍一挺身，便向門外衝去。

可是，她才到了門口，自走廊兩端驟雨般飛過來的子彈，卻將她逼了回來，穆秀珍退回了房間中，用力在那兩名槍手身上踢著。

她一面用力踢著，一面呼喝著道：「起來！起來！」

那兩個槍手被剛才穆秀珍照面門的那一腳，不但踢得鼻骨斷折，幾乎連眼珠也被踢得跌了出來，滿面是血，十分可怖。

穆秀珍用力踢了他們好幾下，他們才站起來。穆秀珍用槍對準了他們，道：「將手放在頭上，向外走去！」

那兩個槍手不敢反抗，將手放在頭上向外走去，穆秀珍緊緊地跟在他們兩人的後面，她是想利用兩人的掩護衝出去！

當然，那是十分危險的，但如果怕危險而不去做，那就不是穆秀珍了，可是，事情的發展，卻大大出乎穆秀珍的意料之外！

那兩名槍手才一跨出門，走廊兩端，驚心動魄的槍聲立時又響了起來，那兩名槍手忙叫道：「別開槍！是我們！」

可是，他們只說了一句，便沒有聲音了。

槍聲也立時靜了下來，只見他們兩人的身子在打著轉，鮮血幾乎從他們身子的每一處地方射出來，然後，他們倒了下去。

穆秀珍那時就站在離房門不過一呎處！如果她也跨出了房門……

穆秀珍望著那兩個倒臥在血泊中的槍手，不禁自背梁之上生出了一股寒意！從那樣的情形看來，對方顯然是下定決心，決不讓她出走的了！

穆秀珍連忙又退回到房間中。

走廊中靜得一點聲音也沒有，穆秀珍也不出聲，足足過了五分鐘之久，穆秀珍才拉起了一張椅子，手臂一揮，「呼」地一聲，將椅子向外拋去。

那張椅子才一飛出房門，還未曾撞到對面的牆上，令人每一根神經都像是有利器在挫刮著的槍聲，又響了起來。那張椅子立時成了碎片，散發在地上！

穆秀珍吸了一口氣，在那樣的情形下，她真正是進退維谷了。因為她雖然炸開了房門，但是她卻無法衝得出房門去！

大批槍手把守著房門外的走廊，任何從房門出現的物事，都成為他們射擊的目標，穆秀珍如果向外衝去，連還手的機會都沒有！

如果她還有多幾枚那樣的烈性小型炸彈，那就不同了，她可以先拋出炸彈，然後才藉著爆炸之際，向外硬衝出去。雖然那樣她也未必逃得了，但是她總有逃走的機會。可是現在，她卻連機會都沒有！

穆秀珍的手心冒著汗，她實是不知該如何才好。

而就在那時，姚雄的聲音響了起來。

姚雄的聲音，是在房門左首的走廊外響起的，他發出了兩下可以聽得出是抑遏著憤怒的冷笑，道：「穆秀珍小姐，你的丈夫害了你了！」

穆秀珍怒喝道：「放屁！」

姚雄仍然笑著道：「你自己也知道，你決不會有機會衝出來的，你只好在房間中僵守著，本來，我們的條件談妥之後，你就可以離去，現在，你卻是自己在替自己找麻煩！」

穆秀珍也冷笑著，道：「我看是你自己感到有麻煩了！」

姚雄繼續道：「你奪到了兩柄槍，將那兩柄槍拋出來。我們不會傷害你，因為我已開出了條件，如果你固執的話——」

穆秀珍不等他講完，就打斷了他的話頭，道：「你又有什麼辦法？」

姚雄好一會沒有出聲。

的確，姚雄也沒有辦法，穆秀珍不能走出房門一步，因為走廊都在匪徒的控制之中，但是姚雄的匪徒卻也絕不能來到房門口！

因為穆秀珍手中有兩柄槍，而且，有著足夠的子彈，有什麼人敢在房門口出現的話，那也定然逃不出穆秀珍的射擊！

過了好久，姚雄才又冷笑了兩聲，道：「穆小姐，如果你喜歡保留那兩柄槍，那也只好由你喜歡，希望你不要蠢到會衝出來！」

穆秀珍重重地頓著足，她的計畫本來是很好的，而她也只能計畫到有人衝進來，她奪去對方的槍為止，這一切，都進行得很順利。

而以後的情形，她是無法估計的，因為她根本不知道，在囚禁她的房間之外，是一條走廊，而走廊中又密佈著對方的槍手！

在如今那樣的情形下，除了僵持著，也無法可想了！

木蘭花的家中，難堪的沉寂，木蘭花像是在聽著唱片，其實她完全心不在焉。

過了好久，雲四風才道：「姚雄在一到匪巢時，就將他的上衣交給了他的爪牙，看來他是早已知道有無線電示蹤儀在他身上的了，唉，他可以說是最難對付的歹徒了。」

高翔道：「你說得是，我們根據接收儀指示的方向，到了荒郊，發現他的西裝上衣掛在一株樹上，我們就知道又失敗了！」

他們兩人交談著，當他們講話的時候，木蘭花像是全然沒有用心聽，可是高翔的話才一講完，她卻突然抬起頭來。

當她抬起頭來的那一剎間，她的眼中射出一種異常的光彩來，只有當木蘭花突然想到了什麼重要的事情，有了重大的發現時，她眼中才會有那樣光彩的。

高翔和雲四風立時注意到了她眼神那種異乎尋常的神采，他們一起向木蘭花望來，木蘭花道：「四風，你再說一遍！」

雲四風一呆，道：「說什麼？」

木蘭花道：「姚雄是在什麼地方將上衣脫下來，交給他手下的，經過情形怎樣，你詳細告訴我，一點也不要遺漏，你得盡力記憶當時的情形！」

雲四風不必盡力記憶，當時的情形，他清楚的記得。剛才他在向木蘭花敘述他的經歷時，並沒有提起那一點來，那是因為這是木蘭花的一次失敗，而且木蘭花也已知道自己失敗了，那麼雲四風何必再提，所以他就略述了沒有說。

但這時木蘭花突然問了起來，雲四風雖然還不知道木蘭花為什麼要問，但是從木蘭花的神情上，也可以看出一定是關係重大的了。

雲四風忙道：「那時，車子經過了一段十分不平的路程之後，停了下來，我的眼上還蒙著黑布，那時一定已在匪巢之中，有匪徒走了過來，因為，我聽得姚雄說：『快帶著我的上衣駛離開去，將我的衣服掛在樹上，越遠越好！』」

木蘭花「嗯」地一聲，道：「然後呢？」

「然後有人答應著，姚雄又向我說什麼，交易要雙方都有誠意才好，接著，他就叫我拉開了黑布，而強光也向我照射了過來！」

木蘭花深深地吸了一口氣，自她眼中現出的光芒更甚。

高翔忙道：「蘭花，你想到了什麼？」

木蘭花並不回答，只是叫道：「安妮，安妮！」

她叫了兩聲，安妮已出現在樓梯中，她的眼睛十分紅，顯然她是一個人躲在房間中哭泣，木蘭花招手道：「安妮，你下來！」

安妮的拐杖在樓梯上發出啪啪的聲響，她來到了木蘭花的身邊，木蘭花握住了她的手，道：「安妮，當四風和姚雄離去的時候，我叫你去注視那接收儀，你是全神貫注的，是不是！」

安妮點頭道：「當然，和秀珍姐有關的事，我一定專心的。」

木蘭花的話說得十分緩慢，她道：「安妮，你聽著，你能夠記得起螢光屏上出現亮點的一切情形麼？你一定要完全記得。」

安妮閉上了眼睛，約莫五秒鐘。然後，她睜開眼睛來，道：「我全記得。」

木蘭花立時抱起了安妮，飛快地向樓上走去，高翔和雲四風兩人互望了一眼，也連忙跟在木蘭花的後面。

他們一起到了書房中，木蘭花將安妮放了下來，她推開了牆上的一幅畫，現出了一幅瑩光屏來，瑩光屏上，全是小格子。

木蘭花指著其中的一格，道：「安妮，示蹤儀最後發出來的信號，是在這裡靜止的，對不對？」

「對！」安妮咬著指甲。

「在這裡之前，瑩光屏上的亮點曾在另一個地方停留過很短暫的時間，大約有兩三秒鐘，那是在什麼地方，你記得不？」木蘭花問著，充滿了希望。

這時，雲四風和高翔也知道木蘭花想到的是什麼了。

那示蹤儀發出的無線電波，在接收儀的瑩光屏上，形成一個發亮的小圓點。帶著示蹤儀的物體移動，那小圓點也移動，是以可以計算出示蹤儀的所在點的，雲四風說姚雄在抵達了匪巢之後，將衣服脫下來交給他的手下的那一剎間，接收儀瑩光屏上的亮點是應該靜止不動的，如果安妮記得那地方，那麼這就是匪巢！

是以，不但木蘭花望著安妮時，臉上的神情顯得十分緊張，連高翔和雲四風也現出十分緊張的神色來。

安妮仍然咬著指甲，像是在她看來，那一點不是什麼值得緊張的事一樣，她伸手一指，道：「我記得，是在這裡。」

「你沒有記錯？」三個人一起問。

「沒有，絕對沒有！」安妮的回答十分肯定。

木蘭花忙攤開全市的地圖來，她的手指在地圖上移動著，他們四個人的視線一起集中在地圖上，他們已捕捉到了敵人的一個極其細微的疏忽。

那疏忽確然細微而不足道，但是卻有可能是敵人全面失敗的先聲！

木蘭花的手指突然停止，抬起頭來：「應該在這裡！」

高翔點頭道：「是的，四風記得姚雄沒有停過車，從這裡去，一直是在郊區的公路上行駛，自然沒有碰到路燈的機會。」

木蘭花道：「快和當地的警署聯絡，我們立即趕去，叫他們準備一切力量，但在我們未到之前，不能有任何的行動！」

高翔立即拿起了電話，木蘭花將應用的東西帶在身上，她握著安妮的手，道：「秀珍如果能獲救，安妮，全靠你的精細觀察力和記憶力了。」

安妮的神情十分激動，道：「我記得是在那裡，在那裡停了極短的時間，立即又開始移動了，蘭花姐，讓我也去，好麼？」

木蘭花斷然道：「不，你留在家裡。」

那時，高翔已放下了電話，道：「我們可以出發了，那地方接近第一和第二郊區警署，可以動員的力量，有四個中隊的警員。」

「我們走。」木蘭花揮著手。

他們一起下了樓，安妮一個人留在書房中，她注視著接收儀的瑩光屏，喃喃地道：「是在那裡，我不會記錯的，是在那裡。」

二十分鐘之後，木蘭花、高翔和雲四風三人，進入郊區第一警署。

第一警署和第二警署的負責警官，全已在等著他們了。

他們一起來到會議室中，會議桌上，攤著兩張十分大的地圖，高翔和木蘭花一起看著地圖，他們指著一處地方問：「那是什麼所在？」

「那是一所廢棄的啤酒廠，停止生產已很久了！」第一警署的負責警官回答著。

高翔深深地吸了一口氣，雖然他們還在警署之中，但是高翔可以知道，他們這一次是真正找到了姚雄的大本營了！

他沉聲吩咐道：「吩咐所有兄弟前去包圍那廢棄廠，要步行前去，不能讓廠中的匪徒發覺，有一幫悍匪盤踞在那廠中！」

第二警署的負責警官吃驚道：「原來那一對男女的報案是真的，一小時前，有一對男女來報告，說他們的車子過廢棄廠時，聽到了槍聲！」

「你竟然沒有派人去察看一下？」高翔立時向那警官責問。

警官漲紅著臉道：「那廢棄廠是早已……早已空了的……」

高翔也沒有再問下去，他只是繼續命令著，道：「每一個人都配備武器，衝鋒隊要穿上避彈衣和戴鋼盔，給我們三人準備武器。」

訓練有素的警方人員在行動之際，那種快捷圓熟，絕不是普通人能想像的，三分鐘之後，警員已整齊地排列著，小步跑了出去。

在五分鐘後，木蘭花、雲四風和高翔三人也離開警署，他們在郊區的公路上急速地走著，不一會，便轉進了小路。

十五分鐘之後，他們已可以看到那建築物了！

在黑暗中看來，那啤酒廠的廠房，像是蹲在黑暗之中的一個碩大無比的怪獸一樣，而那根煙囪就像是怪獸的獨角，所有的警員在這時都匍伏前進，在接近圍牆時，野草足有半個人高。

整個廠房內一片漆黑，看來實在不像是有人在裡面盤踞著。

警員一齊到了牆下，木蘭花、高翔和雲四風，以及五六名警官，已經奮勇地爬上了圍牆，翻進了圍牆之內。

也就在那時，在廠房的樓上突然傳出了一陣槍聲！

槍聲持續著，那是因為穆秀珍在房間之中，將一件又一件的東西拋出門口去，她每拋出一樣東西，槍聲便響了起來。

而隨著那槍聲，拋出的東西也都被射得粉碎。

木蘭花一聽到槍聲，手臂突然向上一舉，高翔也立時叫道：「著燈！」

已攀上了牆頭的警員，陡地按下掣，剎那之間，至少有二十盞被搬上牆頭的探射燈一起亮了起來，燈光集中在有槍聲傳出來之處。

而數百名警員也一起吶喊了起來，數十名警員已從正門衝了進去，一進入之後，立時找到有利的地形躲了起來！

數百人的齊聲吶喊是如此驚天動地，因此雖然在槍聲之中，穆秀珍還是聽到了，她立時發出了一下歡愉之極的呼嘯聲。

而在走廊之中，則立時亂了起來。

穆秀珍聽得到姚雄在怪叫著，槍聲從四面八方響起來。

高翔的聲音，通過擴音器響徹雲霄，高翔叫道：「你們被包圍了，快棄槍投降！」

隨著高翔的話，便是震耳欲聾的槍聲。

穆秀珍閃到了門口，她慢慢探頭出去，她看到走廊兩端至少有二三十個匪徒，但是那些匪徒卻只顧四下亂竄，穆秀珍掃出了一排子彈，立時有幾名匪徒倒地不起，穆秀珍又縮回了屋中。

四面八方的槍聲更接近了，突然之間，殺喊聲衝進了建築物！

那是雲四風和兩位警官，率領幾十名警員一起衝了進來，槍聲零落地響著，代替了槍聲的，是一陣吆喝的聲音。

穆秀珍大大的鬆了一口氣，她這時，反倒坐了下來。

直到雲四風和許多警員在她的房間前出現，她才一躍而起，投進了雲四風的懷中！

雲四風緊緊地擁著她，警官帶領著警員逐間房間在搜索著，每一間房間中，都有隱藏的匪徒被揪出來，匪徒全被押到空地之上。

這裡真是姚雄的大本營，因為頑抗而被擊斃的匪徒有二三十人之多，但是被活捉的匪徒卻還有七八十人，當穆秀珍一出現。高翔和木蘭花立時向她奔了過來。

也就在這時，一個警官帶著金妃，來到廣場中。

穆秀珍望著金妃，她驚訝得說不出話來。

雲四風指著金妃，道：「你曾問我，為什麼那麼久都沒有我們的訊息，都是因為她，姚雄叫她假冒你，使我們以為已將你救出來了！」

穆秀珍一叉腰，瞪著一雙大眼道：「哼，你好豔福啊！」

雲四風有些手足無措，木蘭花忙道：「秀珍，別再夾纏，四風是世界上最好的丈夫，我們都可以證明這一點，快向他道歉！」

穆秀珍扁了扁嘴，道：「四風，你不會要我道歉的，是不是？」

「不會！不會！」雲四風連忙回答著。

在一旁的警員們，看到了那樣情形，都笑了起來。

木蘭花和高翔也不禁發笑，但他們笑的是，那才是真正的穆秀珍，假冒的金妃只知道哭泣，而剛強的穆秀珍是不哭的！

搜索還在進行，因為匪首姚雄還未曾發現。

他們全在廣場上等著，突然間，建築物中又有一下槍聲傳了出來，在槍聲早已沉寂之際，那一下槍聲，更加清脆玲瓏。

木蘭花立時道：「姚雄自殺了！」

那幾個警官臉上的神情立時變了，變得欽佩之極！

在雲四風新居的客廳中，天已亮了，晨曦已照進了客廳中，一夜未睡的那幾個人，卻仍是一點倦意也沒有。

雲四風對穆秀珍講述著一切經過。安妮也早由高翔接了來，她一直靠在穆秀珍的身邊。

在雲四風敘述之際，高翔和木蘭花則不斷補充著他們當時對雲四風的看法，穆秀珍聽得津津有味，不住道：「真可惜！真可惜！」

安妮忍不住問道：「秀珍姐，你說可惜了什麼啊！」

「真可惜，」穆秀珍又說了一次：「那時被困在匪巢之中，未能參加那樣驚心動魄的事，唉，真是可惜到了極點！」

安妮笑了起來，道：「秀珍姐，如果不是你一直被囚禁著，又怎會有那麼多的驚心動魄的事？」

穆秀珍笑著道：「小鬼頭，偏是你多事！」

木蘭花站立了起來，道：「好了，我們該告辭了！」

高翔道：「是的，我得好好休息。」

雲四風向穆秀珍一笑，穆秀珍道：「你可別想休息，你得好好向我一件一件說，你和那個金妃在一起那麼多天，有什麼不軌行動！」

「冤枉啊！」雲四風叫了起來。

木蘭花、高翔和安妮哈哈大笑，一起走了出去，雲四風和穆秀珍卻又立即手拉著手，一起送了出來。

朝陽照在草地上，草地格外顯得綠的可愛，使得安妮忍不住在草地上打了兩個滾，惡夢過去了，一切都是那麼地美好！

請續看《木蘭花傳奇》21 龍宮

倪匡奇情作品集

木蘭花傳奇20黑洞（含：失蹤、怪新郎）

作　者：倪匡
發行人：陳曉林
出版所：風雲時代出版股份有限公司
地址：10576台北市民生東路五段178號7樓之3
電話：(02) 2756-0949
傳真：(02) 2765-3799
執行主編：朱墨菲
美術設計：許惠芳
業務總監：張瑋鳳
出版日期：2024年3月
版權授權：倪匡
ISBN ：978-626-7369-14-2
風雲書網：http://www.eastbooks.com.tw
官方部落格：http://eastbooks.pixnet.net/blog
Facebook：http://www.facebook.com/h7560949
E-mail：h7560949@ms15.hinet.net
劃撥帳號：12043291
戶名：風雲時代出版股份有限公司

風雲發行所：33373桃園市龜山區公西村2鄰復興街304巷96號
電話：(03) 318-1378　　傳真：(03) 318-1378
法律顧問：永然法律事務所 李永然律師
　　　　　北辰著作權事務所 蕭雄淋律師

行政院新聞局局版台業字第3595號 營利事業統一編號22759935

定價：299元

國家圖書館出版品預行編目資料

黑洞／倪匡 著. -- 臺北市：風雲時代出版股份有限公司, 2023.11 面； 公分.（木蘭花傳奇；20）

ISBN：978-626-7369-14-2（平裝）

857.7　　112015073